고양이는 어디든지 갈 수 있다

트리플

고양이는
어디든지 갈 수 있다

장아미
연작소설

31

TRIPLE

차례

고양이는 어디든지 갈 수 있다

볼펜이 빙그르르 돌면서 책상 위를 가로질렀다. 책상 모서리에 멈춘 볼펜 끄트머리에 깨문 자국이 선명했다.

책을 읽거나 공부를 할 때 혹은 딴짓을 하며 혼자만의 생각에 잠겨 있을 때 필기구를 손가락에 얹고 돌리는 건 은비의 오랜 버릇이었다. 때때로 앞니 사이에 물고 질겅거리기도 했다. 그렇지만 손에서 놓치는 실수를 한 적은 거의 없었다. 은비가 책장에서 눈을 떼지 않은 채 책상의 엉뚱한 곳만 짚다가 간신히 손끝에 챈 볼펜을 움켜쥐려는 찰나였다.

의자 옆에서 동그랗고 보송보송한 것이 폴짝 뛰어올랐다. 은비가 숙이고 있던 고개를 들었다.

검은 고양이가 책 귀퉁이를 깔아뭉개고 앉아 앞발로 볼펜을 쳐 바닥에 떨어뜨렸다. 은비가 어이없다는 듯 소리를 질렀다.

"포!"

은비가 뭐라고 하든 알 바 아니라는 듯 우아하게 턱을 치든 포가 책꽂이로 뜀박질했다. 나름의 규칙에 맞게 배치된 액자와 인형, 소품 들을 건드리거나 흩트리거나 쓰러뜨리는 일 없이 곡예에 가까운 솜씨로 요리조리 지나쳐 유리창 앞에 섰다. 창틀에 한 발을 올린 포가 은비를 응시하면서 야옹 하고 울었다.

은비가 어리둥절한 표정으로 노을 진 창밖을 바라보았다. 휘둥그렇게 뜬 눈 속에서 놀라움이 일었다. 은비가 의자에서 일어났다.

"알려줘서 고마워, 포."

포가 또다시 야옹 야옹 울었다. 그건 아마도 천만의 말씀이라는 의미였을 것이다.

은비가 현관으로 돌진했다. 슬립온에 발을 넣으려다 몸의 균형을 잃고 휘청거렸으나 넘어지지 않고 무사히 두 짝을 신는 데 성공했다.

기세를 늦추지 않고 밖으로 달려 나가려던 은비가 발길을 멈추었다. 무작정 내달리는 마음을 진정시키며 손가락에 침을 발라 뻗친 앞머리를 매만졌다. 그 참에 손등에 묻은 볼펜 자국을 닦아보려고 했으나 색만 옅어졌을 뿐 완전히 지워지지는 않았다.

후 하고 숨을 몰아쉰 은비가 현관문을 열었다. 돌계단을 내려가 길 건너 가로등을 주시했다. 아직 해가 지지 않아서일까, 없었다.

콘크리트 턱을 두어 번 걷어찬 은비가 다시 같은 쪽으로 곁눈질했을 때, 가로등 불빛 아래 누군가 나타나 있었다. 재희가 은비를 향해 손짓했다.

"은비야. 나야, 나, 재희."

"안녕. 제시간에 나왔네."

재희가 경쾌한 말투로 은비의 인사를 받았다.

"당연하지. 오늘이 어떤 날인데. 늦을 수 없잖아."

은비가 겸연쩍게 웃었다. 자칫 재희를 기다리게 할 뻔했는데 약속을 지킬 수 있어 다행이었다.

보폭을 맞춰 걷던 재희가 물었다.

"우리 딱 일 년 만이지? 그동안 잘 지냈어?"

"응."

하고 대답한 은비가 어떤 말을 덧붙이려는 듯 입을 벌렸다가 이내 어두워진 낯빛으로 꾹 다물었다.

'재희야, 포가 우리 집에서 지낸 지도 곧 있으면 사 년째야. 녀석은 밤마다 내 머리맡에 올라와. 아주 오래된 꿈처럼 나랑 매일 같이 잠을 자. 혹시 너와 살 때도 그랬니?'

은비가 끝없이 쏟아져 나올 듯한 이야기를 삼키고 겨우 한마디를 내뱉었다.

"너는, 잘 지냈어?"

"나야 언제나 그렇지, 뭐."

둘은 은비의 집 옆으로 이어지는 골목을 나와 돌다리로 향했다. 포장하지 않은 샛길을 따라가면 대로변으로 재희가 살았던 집이 나올 것이고 지난 계절에 폐업한 문구점과 분식집, 새로 개업한 편의점을 지나 함께 다녔던 중학교와 고등학교에 이르게 될 것이다. 그런 다음 풀벌레 소리를 들으면서 어슬렁어슬렁 논길을 거닐다가 버스 정류장에 다다르게 될 것이다. 정류장 벤치에 앉아 밤하늘을 올려다보며 구름에 가려진 별들을 헤아리다 아쉬움을 떨치고 일어나 전보다 훨씬 느려진 걸음으로 그 길을 돌아오게 될 것이다. 그러면 동네 대부분을 둘러볼 수 있었다.

기껏 일 년 만에 마주해놓고 자신들이 왜 실없이 산책이나 하게 됐는지 은비도 그 이유를 정확하게 기억할 수 없었다. 당황해서가 아닐까. 뜻밖의 경험을 하면 무의식적으로 몸부터 움직이기 마련이니까.

솔직히 말하면 다른 할 일이 없기도 했다. 이 작은 동네에는 즐길 거리라곤 없었기에, 재희에게 일 년 동안 이곳이 어떻게 변했는지 보여주는 것도 의미 있게 느껴졌기에, 재희 또한 이에 동의하는 것 같았기에 둘은 지난 세 번의 만남 때처럼 무작정 걷기 시작했다.

8월 세 번째 일요일, 동녘 하늘에는 보름달이 떠올라 있었다.

돌다리를 건너면서 재희가 콧노래를 흥얼거렸다. 체크무늬 긴소매 셔츠가 살랑였다. 발목 길이의 양말이 눈부시게 흰 반면 연보라색 스니커즈는 밑창이며 뒤축이 몹시 낡아 있었다.

은비가 재희의 노래를 따라 불렀다. 다리 아래를 넘겨다보지는 않았다. 까맣게 칠한 거울 같은 수면 위에는 그림자가 비쳐 있을 것이므로. 괜히 그 사실을 확인했다가 기분만 이상해질 게 뻔했다.

그런 속마음을 들키고 싶지 않았던 은비가 과장된 어조로 투덜댔다.

"내 앞머리 좀 봐봐. 삐뚤빼뚤하지 않아? 집에서 자르다가 망했잖아. 거울 볼 때마다 너무 속상한 거 있지."

"어디 봐. 음, 그렇게 나빠 보이지 않는데?"

재희가 은비의 앞머리를 살폈다. 그러나 반 발짝 떨어진 거리에서 슬쩍 목만 뺐을 뿐 팔을 뻗지는 않았다.

은비가 곁눈으로 팔짱을 낀 재희를 흘끔거렸다. 오므리고 있는 재희의 오른손에 무엇이 감추어져 있는지를 상기하면서 습관처럼 앞머리를 매만졌다.

재희의 오른쪽 약지 아래에는 세모 모양의 손금이 있었다. 어느 날 재희는 은비의 손을 끌어 제 손바닥에 대고 그 손금을 직접 만져보도록 했다. 손끝에 닿는 살결의 감촉에 간지러워하며 연신 키들거리던 은비는 교복 재킷 주머니에 꽂고 다니던 펜으로 그 위에 고양이를 닮은 앙증맞은 귀 한 쌍과 눈과 코와 입을 더해주었다. 재희는 그 그림을 무척 마음에 들어했다.

재희가 걸음을 멎었다. 뒤이어 선 은비가 재희의 시선이 향한 곳으로 고개를 돌렸다.

"저게 뭐지?"

마을 뒤편 산모퉁이에서 불빛이 깜빡이고 있었다. 바람결에 말소리와 희미한 웃음소리가 들리는 것도 같았다. 도로와 떨어져 있는 데다 가시나무가 우거진 그 산 쪽으로는 웬만해선 가까이 갈 일이 없었다. 어른들끼리 쉬쉬하는 소문에 따르면, 흔적만 남은 숲속 산길을 따라 계속 걸어 들어가면 버려진 공동묘지가 나온다고 했다.

손가락으로 콧등을 두드리던 은비가 괜한 걱정을 한 자신을 나무라는 것처럼 어깨를 들먹이더니 재희를 마주 보았다.

"뭔지 몰라도 재미있는 일이 벌어지고 있는 것 같지 않아? 우리 한번 가보자."

재희가 곤란하다는 듯 머리를 가로저었다.

"아니, 그러지 마."

"왜?"

은비는 그렇게 물으면서도 벌써 한 발짝을 떼고

있었다. 어둠 속에서 반짝이는 빛은 너무나도 환했고 어떤 이가 속살대는지 모를 말소리는 무척이나 감미로웠기에.

그때 자신이 이미 무언가에 미혹되었다는 걸 은비는 오랜 뒤에야 깨우칠 것이었다. 하지만 그런 상황을 인지했다 해도 별 수 없었을지도 몰랐다.

홀린다는 건, 그런 일이었으니까. 빛과 노래에 끌리는 마음과도 같았다.

"올해는 유난히 시끌벅적하다 했는데, 작정을 한 모양이네."

재희가 반바지 주머니를 뒤졌다.

"은비 너는 궁금한 건 못 참는 성격이니까 말려도 듣지 않겠지. 그 대신 부탁하는데 제발 아무나 믿지 마. 그리고 이걸 꼭 가져가."

은비가 재희의 손을 내려다보며 놀란 표정을 지었다.

"세상에, 이걸 여태 가지고 있었어?"

재희가 건넨 건 은빛 방울이 달린 키 링이었다. 은비는 문구점에서 그 키 링을 발견한 순간 이것이야말로 재희에게 주어야 할 생일 선물이라고 확신했다. 재희가 도랑에 빠져 울고 있던 새끼 고양이를 집으로 데려온 지 일주일이 지나지 않았을 무렵이었다. 그 고양이가 바로 포였다.

은비가 키 링을 받고서 고개를 갸웃거렸다.

“방울 소리가 안 나는데. 어디가 고장 났나?”

옆을 돌아보았을 때 재희는 자취를 감춘 뒤였다. 가로등 불빛 아래 모습을 드러냈을 때처럼 아무런 기척도 내지 않고 홀연히.

은비는 재희를 부르지도 찾지도 않았다. 급작스럽기는 하나 대수롭지 않은 사실을 받아들이듯 몇 번인가 눈을 끔뻑이곤 티셔츠 앞주머니에 키 링을 넣고 서둘러 발길을 옮겼다.

빈집들을 지나 무릎까지 자란 풀을 헤치고 나아가자 주변이 점차 밝아지는가 싶더니 무너진 돌담이 나왔다. 거무스름한 돌들 위로 금줄이 늘어져 있었다. 은비가 한 다리씩 높이 들어 곰팡이가 핀 새끼줄을 넘었다. 그로부터 십수 걸음을 더 떼자 무성하게 드리운 가지 너머로 예상치 못한 풍경이 펼쳐졌다.

은비가 와 하고 탄성을 터뜨렸다. 어둠에 물든 안경알이 얼룩덜룩한 빛을 되비추었다. 색색의 전구를 두른 천막이 숲 가장자리에 널찍하게 트인 터의 지붕을 이루었다. 전구들이 사위를 점점이 물들인 가운데 줄지어 늘어선 노점상 앞을 구경꾼들이 바쁘게 오가고 있었다. 은비로서는 상상도 한 적 없는 광경이었다.

'마을 이웃끼리 사소하게 물물교환하는 수준이 아니잖아. 이렇게 많은 사람들을 무슨 수로 한데 불러 모았을까. 아는 얼굴이라곤 없는데.'

아마도 타 지역에서 온 손님들일 것이라고 은비는 추측했다. 관광객을 유치하기 위해 지자체에서 개최한 행사임이 틀림없다고. 그게 아니라면 대낮도 아닌 늦은 시간, 흉한 소문이 돌아 동네 주민도 함부로 드나들지 않는 숲에서 시장을 벌일 이유가 없었으니까.

은비는 그렇게 믿었다. 홀려버렸기 때문에, 제 발로 금줄을 넘어왔기 때문에 자신이 귓것들이 부리는 재주에 속아 넘어갔다는 걸 예감하고 있으면서도 이를 무시했다.

은비가 천막으로 다가들 때 한 무리의 아이들이 솜사탕을 쥔 손을 치켜들고 옆을 지나갔다.

"광대들이 재주를 부릴 거래. 빨리 가보자."

솔깃해진 은비가 그들을 뒤쫓았다. 오방색 끈이

묶인 고목을 뒤로하고 동그랗게 비워진 무대가 보였다. 아이들이 군중 속을 비집고 들어갔다. 몇몇이 점잖게 나무라기는 했으나 아무도 화를 내지는 않았다. 은비가 뒷줄에 섞여 발돋움했다. 광대 분장을 한 남자가 무대에 나타나더니 넙죽 큰절을 올렸다.

"좋은 밤이외다. 그간 강녕들하셨는지요."

번지르르한 말솜씨로 좌중을 웃긴 광대가 허리춤에서 제 키만 한 막대를 끄집어냈다. 아이들이 설탕 묻은 손가락을 핥으며 시끄럽게 떠들었다. 광대가 막대 끝에 대접을 올리고 돌리기 시작했다. 하필이면 덩치들 사이에 끼여 속수무책으로 떠밀리던 은비가 한숨을 쉬면서 뒷걸음질했다. 잇따라 터져 나오는 박수 소리에 아쉬움을 떨치지 못하고 거듭 뒤를 돌아보다 어딘가에 시선이 빼앗겨 얼결에 발걸음을 늦추었다.

은비와 눈이 마주친 남자가 싹싹한 미소를 지으며 고갯짓하더니 좌판 위에 놓인 주사위를 그릇으로 덮어 감추었다.

"자자, 주사위가 몇 번째 그릇에 있는지 맞춰 보십쇼. 늦기 전에 어서들 오세요. 두 눈 크게 뜨고 지켜보시지요."

남자가 주사위를 숨긴 그릇을 다른 그릇과 뒤섞었다. 지켜보는 이의 혼을 쏙 빼놓을 만큼 현란하고 정교한 손놀림이었다.

은비가 숨 쉬는 것조차 잊은 채 좌판을 응시했다. 어찌나 집중하고 있었던지 남자가 그릇을 움직이는 손길을 멎는 순간 자신도 모르게 고함을 지를 뻔했다.

"세 번째 그릇일세. 내 똑똑히 봤다네."

벼락같이 터져 나온 말소리에 소스라친 은비가 목을 움츠렸다. 언제부터 와 있었는지 몰라도 할머니 둘이 옆에 서 있었다. 앞서 외친 할머니에게 면박을 주듯 다른 할머니가 큰소리로 받아쳤다.

"무슨 소리, 두 번째 그릇이라고. 확실하다우. 암, 확실하다마다."

둘은 한쪽도 물러서지 않고 투닥거렸다. 그때까지도 좌판 위 그릇들에 정신이 팔려 있던 은비가 무심결에 우물거렸다.

"내가 보기엔 두 번째가 맞는 것 같은데."

즉시 말다툼이 멈추었다. 하지만 은비는 눈을 내리뜨고 그릇들이 자리바꿈한 모양을 되새기느라 할머니들은 물론이고 좌판 뒤에 있는 남자까지 야릇한 눈빛으로 자신을 예의 주시 하고 있다는 걸 눈치채지 못했다. 세 쌍의 눈동자가 기대와 기쁨으로 번들거렸다.

그때 한 할머니가 넌지시 제안했다.

“자네도 같이 놀아볼 텐가? 주사위 하나면 밤새도록 즐길 수 있다네. 일평생 즐길 수도 있지. 자네만 원한다면 말일세.”

“정말요? 제가 껴도 될까요?”

은비가 반색하며 할머니들에게 합류하려는 찰나, 뒤에서 웬 팔 하나가 튀어나와 그를 붙들어 세웠다. 손을 뻗은 여자애는 은비에게 전혀 낯선 인물이었다.

“왜 여깄어? 잠깐만 기다려 달랬더니 엉뚱한 데가 있고. 한참 찾았잖아.”

“어, 그게…… 내가 왜 여기 있냐면.”

여자애는 은비와 팔짱까지 끼고서 나머지 셋을 향해 너스레를 떨었다.

“죄송해요. 제 친구가 워낙 정신이 없어서. 남의 영업장에서 결례를 저질렀네요. 이해해주실 거죠?”

슬리브리스 티셔츠에 바이커 팬츠 차림이던 여자애는 붉은 기가 도는 다갈색 단발머리가 흰 얼굴에 무척 잘 어울렸다. 한쪽 어깨에는 큼지막한 배낭을 걸

쳤는데 한 뼘 조금 못 되게 열린 지퍼 사이로 돌돌 말린 족자 같은 게 튀어나와 있었다.

첫 번째 그릇을 뒤집어 그 아래 숨겨진 주사위를 집어 든 남자가 입맛을 다시며 쯧쯧거렸다.

"볼일 없으면 그만 가보시구려. 괜히 시간만 낭비했구먼."

여자애가 은비의 옆구리를 찔렀다.

"야, 가자."

여자애가 시키는 대로 주춤주춤 걷던 은비가 미련이 남은 눈초리로 옆을 흘낏거렸다. 주사위가 세 번째도 아니고 두 번째도 아니고 첫 번째 그릇에 있었다니 제 눈으로 보고도 믿기 힘들었다.

은비의 걸음이 느려진 것을 감지한 여자애가 채근하듯 팔을 당겼다.

"뭐해? 가자니까."

"어? 어……."

은비가 발길을 돌리려다가 수상한 광경을 목격한 것처럼 미간을 찡그렸다. 방금 전 같이 있었던 한 할머니의 치마가 속바지에 걸리기라도 했는지 비죽하니 들려 있었다.

'저 분은 왜 한 발로 서 계시지? 신고 계신 꽃신은 언제 망가져도 이상하지 않을 만큼 낡아 보이는데.'

그러자 은비의 머릿속을 들여다본 것처럼 여자애가 잡은 팔을 재차 당기며 소곤댔다.

"정신 바짝 차리라고. 어디에나 호구 등 처먹으려는 놈은 있기 마련이니까. 김씨들은 특히 더 조심해야 해."

"김씨들?"

"응, 어수룩해 보여도 순 사기꾼들이거든. 걱정 말고 나만 따라와. 잘 안내해줄 테니."

은비는 난생처음 보는 여자애가 친근하게 느껴졌다. 피치 않게 헤어졌다 오랜만에 재회한 친구 같았다. 그것 또한 귓것들이 부릴 수 있는 재주의 일종임을 그때의 은비는 터득하지 못했다.

"그런데 오늘 무슨 날이야? 시장이 열린다는 소식은 못 들은 것 같은데."

"그럴 리가. 백중장은 매년 있었다고."

"매년? 나는 왜 몰랐지?"

"잘은 모르겠지만 아무나 올 수 있는 곳은 아니니까. 오늘만큼 장이 서기 좋은 날이 어디 있겠어. 간만에 일꾼들이 손을 놓는 날인 걸. 그 참에 우리도 함께 노는 거지. 음식도 나눠 먹고 물건도 주고받고. 김씨들이야 하룻밤 만에 다리도 뚝딱 놓으니까. 시장 하나 차리는 건 일도 아니겠지."

그렇게 조잘거려놓고 괜한 소리를 했다는 듯 여자애가 손사래를 쳤다.

"아무튼 내가 정말로 하고 싶은 말은, 오늘 밤만큼은 맘껏 놀아도 된다는 거야. 우리 저기로 가보자."

여자애가 은비를 재촉했다. 손목을 붙들린 은비가 문득 얼굴을 붉혔다. 이유는 몰라도 심장이 두근거렸다. 마음이 들떠 내키는 대로 하하 웃고 싶기도 했다.

그런 밤이었다. 어둠은 짙고 불빛은 영롱한 밤. 불운만큼 큰 행운을 가져다줄 수 있는 밤. 한없이 너그러운 듯싶지만 작은 실수라도 저질렀다가는 판돈을 되찾기는커녕 자기 자신까지 송두리째 잃고 마는 밤. 웃으며 송곳니를 드러내는 밤. 귓것들이 홀리는 밤.

여자애와 나란히 걷던 은비가 어라 하며 흠칫했다. 누군가 티셔츠 자락을 잡아채는 느낌이 들었는데 돌아보니 아무도 없었다.

은비가 시선을 내렸다. 통로 옆에 바싹 붙어 있

던 좌판 위에 나무를 깎고 칠을 해 만든 목우(木偶)들이 진열돼 있었다. 그런데 가지런하게 정렬된 다른 목우들과 달리 앞줄의 목우 하나가 삐딱하게 틀어져 있었다. 물구나무서기를 한 사람의 형상을 조각한 목우였다.

다른 좌판의 주인과 대화를 나누던 여자가 얼른 은비 앞에 와 섰다. 은비는 진회색 저고리에 꽃무늬 치마를 차려입고 앞치마를 겹쳐 늘어뜨린 그 여자를 어디선가 만난 적 있는 듯했다. 곱슬곱슬한 머리카락을 목덜미에서 쪽을 져 올린 모양부터 왠지 모르게 눈에 익었다.

"안 사셔도 좋으니 구경이나 하고 가세요. 꼭두들이에요."

여자가 꼭두들을 가리키며 설명했다.

"외양에서 알 수 있다시피 조금씩 다른 역할을 맡고 있어요. 이끌거나 시중을 들거나 위로하거나 지켜주죠."

은비는 여자가 일러주는 대로 용과 봉황, 거북 같은 동물과 꽃과 나무 같은 식물, 말이며 범을 탄 사람과 공손하게 두 손을 모아 쥔 사람, 무기를 치켜든 사람 따위를 형상화한 인물 꼭두를 찬찬히 관찰했다. 만듦새는 상이했으나 불길 속에 빠뜨렸다 건져낸 것처럼 하나같이 겉면이 그을려 있었다.

그때 꼭두 하나가 은비를 올려다보며 눈을 찡긋거렸다. 맨 앞줄에서 홀로 삐뚤어져 있던 인물 꼭두였다. 흠칫한 은비가 혹여나 자신과 같은 장면을 목격했을까 싶어 여자애 쪽을 보았으나 그 애는 나무 인형 따위 하등의 관심도 없다는 듯 배낭끈을 틀어쥐고 딴청을 피우고 있을 뿐이었다.

착각이겠지. 나무 인형이 어떻게 윙크를 할 수 있다고. 은비가 그렇게 믿으려고 노력하면서 또다시 좌판으로 눈길을 떨구었다. 여자가 방금 전 은비에게 얼굴을 찌푸렸던 바로 그 꼭두를 슬그머니 끌어왔다.

"강요하지 않으려고 했는데 어쩔 수 없네요. 이 꼭두 어떠세요? 손님에게 딱 어울릴 것 같은데. 갖고 싶지 않으세요?"

은비는 즐비한 꼭두들 중에서도 여자가 하나를 꼭 집어 권하는 게 이상했다.

"말씀은 감사하지만 제가 지갑을 안 가지고 와서요."

"지전(紙錢)이 없어요?"

"네? 지전이요?"

은비가 어리둥절한 표정을 지었다. 여자의 안색이 어두워졌다.

"큰일이군요. 그러면 문제가 생길지도 모르겠는데."

여자가 다음 말을 보태려는 찰나 여자애가 둘 사이를 막아섰다.

"저흰 이만 가볼게요."

"어, 잠깐만."

은비가 안절부절못하며 여자애에게 끌려갔다. 그런 둘을 주시하던 여자가 재빠르게 손가락을 튕겼다. 여자의 손길에 떠밀린 꼭두가 빙글빙글 돌면서 은비의 바지 뒷주머니로 흘러 들어갔다.

하지만 은비는 물론이고 여자애 역시 이를 눈치채지 못했다.

"왜 그래? 한참 얘길 나누고 있었는데. 실례잖아."

은비가 가까스로 여자애의 팔을 뿌리쳤다. 여자애가 씩 웃으면서 딴소리를 했다.

"배고프지 않아? 이쯤에서 뭔가를 먹어야 할 것

같은데."

그러고 보니 가까운 곳에서 어떤 냄새가 풍겼다. 은비가 턱을 들고 코를 킁킁거렸다.

여자애의 말이 옳았다. 배가 고팠다. 많이. 아주 아주 많이.

여자애가 건너편을 가리키며 속닥거렸다.

"맛있어 보이지?"

같은 곳을 응시하던 은비가 꼴깍 침을 삼켰다.

"와, 정말."

차양을 드리운 좌판 한쪽의 소쿠리에는 윤기가 자르르 흐르는 전들이 담겨 있었다. 어깨에 수건을 두른 남자가 기름을 바른 철판 위 전을 뒤집으려다 두 사람의 시선을 알아채고 뒤집개를 흔들며 호들갑스럽게 몸짓했다.

"사양 말고 드셔보십쇼. 막 부쳐내 뜨끈뜨끈하답니다. 둘이 먹다가 하나가 사라져도 모를 맛입죠."

뜨거운 철판에서 익어가던 건 다름 아닌 메밀전이었다. 쪽파와 배춧잎을 얹은 전에서 거부할 수 없을 만큼 고소한 냄새가 났다. 은비가 아쉽다는 듯 중얼거렸다.

"먹고는 싶은데 제가 지갑을 안 가져와서."

남자가 넉살 좋게 받아넘겼다.

"어휴, 괜찮습니다. 가지고 계신 걸로 충분히 갈음할 수 있으니까요."

"예? 제가 뭘 가지고 있는데요?"

은비가 바지 주머니 밖으로 현금이라도 나와 있나 싶어 손을 더듬거렸다. 남자가 키들키들 웃으며 응답했다.

"그야 당연히 목숨값이죠. 지전 대신 낼 수 있는 걸로 목숨만한 게 없죠. 나이가 어려서 그런지 아주 넉넉해 보이는뎁쇼."

은비가 소름 끼쳐 하며 곧바로 그곳을 빠져나가려는 순간, 여자애가 소쿠리에서 전 하나를 집어 그의 입속으로 쑤셔 넣었다.

"먹어봐, 어떤 대가도 순순히 받아들이고 싶은 맛일걸?"

"이게 무슨 짓이야!"

은비는 전을 뱉어내려고 했으나 스스로 자각하지 못하는 사이 열심히 씹고 있었다.

'어쩜 이렇게 향긋하고 바삭바삭할 수 있지?'

메밀전의 식감과 향기에 취한 은비가 입에 든 음식을 꿀떡 넘기기 무섭게 주변의 풍광이 뒤바뀌었다.

고개를 들자, 하늘 위에서 은비를 향해 있는 거대한 얼굴들이 보였다. 여자애가 남자를 팔꿈치로 찌르며 거들먹거렸다.

"내 말이 맞지? 어리바리한 게 아직도 사태 파악을 못 하고 있잖아. 쟤를 처음 본 순간 이번엔 실패하지 않겠다는 예감이 들더라니까. 이걸로 빚은 갚은 셈쳐줄게. 메밀묵 다섯 입 값 말이야."

이쪽이 작아졌는지 저쪽이 커졌는지 알 수 없었지만 하나만은 확신할 수 있었다. 저 여자애는 은비와 같은 사람이 아니었다. 은비가 달처럼 둥글고 형형한 여자애의 눈을 올려다보며 전율했다. 흰자위에 샛노란 빛이 감도는 데다 검은자위가 위아래로 길쭉한 눈이 마치 짐승의 그것 같았다. 아마도, 여우의 눈동자였다.

여자애 옆에 붙어 선 남자가 군침이 도는 듯 입술을 핥으며 물었다.

"많이는 안 바랄게. 다리 한쪽만 나눠주면 안 돼? 오른 다리든 왼 다리든 상관없어. 다리 한쪽만, 응?"

"안 돼. 나는 살아 움직이는 인간이 필요하다

고."

남자가 못마땅한 표정을 지었으나 여자애는 본척도 하지 않았다. 두 손으로 족자를 당겨 펼치곤 혼자만의 공상에 잠긴 채 덧붙였다.

"도와줘서 고마워, 김씨. 이 그림은 아주 비싸게 팔릴 거야. 신기한 물건이라면 사족을 못 쓰는 부류를 알고 있거든. 진짜 인간을 가둔 그림이라니, 누가 마다하겠어?"

상황을 한발 늦게 이해한 은비가 머리끝까지 치민 화를 이기지 못하고 악을 썼다.

"나를 속인 거야? 나는 너를 믿었다고!"

"아, 미안. 실은 별로 미안하지 않지만."

여자애가 혀를 쏙 내밀며 유들유들한 말투로 되받았다.

"여기까지 너를 안내해 준 건 사실이잖아? 그렇게 흥분할 필요 없어. 십 년, 딱 십 년 뒤에는 풀려날 수 있을 거야. 메밀전 하나 먹은 값치곤 과하게 여겨질지 몰라도 시간은 금방 흐를 거야. 그 안에서도 밖에서와 똑같이 나이를 먹기야 하겠지만."

여자애가 자신과는 상관없는 일이라는 듯 어깨

를 으쓱이며 족자를 말았다. 은비를 둘러싼 세계에 어둠이 내렸다.

은비가 서 있던 곳은 풀숲 사이에 난 길 어디쯤이었다. 고즈넉한 밤, 붓끝에만 먹을 묻혀 거칠게 쓸어내린 듯한 산등성이에는 엄숙한 기운마저 감돌았다. 하지만 먹물로 그려 온통 무채색이던 그 세상은 단순한 그림이 아니었다.

산자락을 타고 내려온 안개가 대숲에 새하얀 소용돌이를 일으켰다. 단 한 번의 붓질로 완성된 새들이 들녘을 날아다녔다. 여러 번 덧칠한 듯 짙고 세찬 강에서는 물보라가 일었다.

은비는 이 세상이 어느 누군가의 작품임을 비로소 이해할 수 있었다. 그러나 그 예술가는 절대 평범한 인간일 수 없었다.

은비가 손을 펼쳤다. 자신에게 색이 남아 있다는 걸 깨닫는 즉시, 노르스름하고 불그레하고 푸릇한 손바닥에 물방울 같은 것이 툭 하고 떨어졌다.

눈물에는 색이 없었다. 촉촉하고 따뜻하고 투명할만큼 흴 따름이었다.

은비가 눈가를 문질렀다. 겁이 나서일까, 손끝

이 싸늘하게 식어 있었다. 어쩌다 이런 곳에 갇히게 됐을까. 무엇이 어디서부터 잘못됐을까.

한 발짝 나아가지도 그렇다고 물러나지도 못하고 꼼짝없이 떨고 있을 때 은비는 어떤 소리를 들었다. 소리는 아주 가까운 어딘가, 심지어 은비 자신으로부터 흘러나오고 있었다.

은비가 티셔츠 앞주머니를 만졌다. 작고 단단한 물체가 손가락에 잡혔다. 은빛 방울이 달린 키 링을 두 눈에 담는 순간, 그제야 모든 것이 기억났다. 자신이 왜 이곳에 다다르게 됐는지. 재희가 제게 건넸던 조언까지도.

은비가 키 링을 귓가로 들어 올렸다. 방울 소리가 먼 데까지 울려 퍼졌다. 딸랑 딸랑. 은비는 뜻하지 않게 웃고 말았다. 왜 아까는 소리가 나지 않는다고 생각했을까. 전혀 고장 나지 않았는데. 이렇게나 멀쩡한데.

키 링을 주머니에 도로 넣으려던 은비가 움찔거리며 동작을 멈추었다.

"재희야!"

재희가 길모퉁이에 서 있었다. 마치 늘 그곳에 있었던 것처럼 천연덕스러운 태도로.

"은비야, 많이 놀랐어?"

재희가 다가와 물었다. 은비가 와락 울음을 터뜨렸다.

"미안해. 조심했어야 했는데. 네 말도 듣지 않고."

"미안하긴. 괜찮아, 어쩔 수 없었을 테니까."

재희가 은비의 손을 그러쥐었다. 은비가 눈물로 흐려진 눈을 크게 떴다. 그래, 여기는 현실이 아니니까. 전혀 다른 질서로 움직이는 세계니까. 그래서 우리가 닿아 있을 수 있나봐.

은비가 재희를 부둥켜안았다. 세모 모양의 손금이 나 있을 손바닥은 뜨겁고 부드러웠다.

서로를 힘껏 끌어안고 있던 둘은 잠시 후 어색한 표정으로 떨어졌다. 은비가 코를 훌쩍이며 물었다.

"나를 어떻게 찾았어?"

"나는 계속 너와 같이 있었는데."

"정말?"

"응, 방울 속에 숨어 있었거든. 그런데 너를 따라온 게 나 하나만은 아닌 것 같아."

그 순간을 기다렸다는 듯 은비의 바지 뒷주머니

에서 꼭두가 날아올랐다. 뱅글뱅글 공중제비를 돌더니 왼손부터 차례로 땅을 짚으며 거꾸로 섰다. 은비가 어처구니없어하며 다그쳤다.

"언제부터 내 주머니에 들어가 있었던 거야?"

꼭두가 입술을 오물거렸다. 은비의 귀에는 아무 소리도 들리지 않았지만 재희는 꼭두의 말을 알아들을 수 있는 듯했다.

"네가 좌판 앞에서 막 돌아섰을 때부터래."

꼭두가 고갯짓까지 섞어가며 한층 적극적으로 대화를 이었다.

"너를 도와줄 수 있을 거라고 생각했대. 같이 가도 되느냐고 미리 허락을 구하지 못한 것에 대해서는 마음 깊이 사과하고 싶대. 뭐라고? 네가 우리를 안내해 줄 수 있을 것 같다고? 그럼 좋지. 고마워. 나도 조금은 막막했는데."

재희가 은비를 바라보며 물었다.

"은비야, 너는 나를 믿어?"

"그럼, 당연하지!"

은비의 답이 떨어지자마자 재희가 선언했다.

"은비, 너는 이제부터 고양이야."

"뭐라고? 내가 고양이라고?"

하지만 은비의 입에서는 야옹 야옹 울음만 새어 나올 뿐이었다.

은비는 고양이로 변신해 있었다. 목에는 은빛 방울을 달고 온몸이 흰색 털로 뒤덮인 고양이로.

"왜냐하면 너는 나를 믿으니까."

재희가 고양이로 변한 은비를 쓰다듬어 주었다. 은비가 재희의 다리에 이마를 맞대며 가르랑거렸다.

"믿음이란 그런 거잖아. 아무런 조건도 대가도 필요하지 않잖아. 고양이로 바뀌어버린 이상 이 그림도 네가 밖으로 나가는 걸 막을 수 없을 거야. 거래의 상대는 인간인 너였으니까. 게다가 고양이는 어디든지 갈 수 있잖아? 상대가 너를 속여 거래를 성사시켰으니 우리도 비슷한 방식으로 허점을 파고드는 거지. 자, 어서 움직이자."

은비가 먹선으로 잇닿은 오솔길을 네 발로 걸었다. 꼭두가 물구나무를 선 채로 은비를 앞질렀다. 재희가 경계를 늦추지 않고 그들 뒤에 따라붙었다. 검거나 흰 세상에서 그들 셋만이 알록달록했다.

갈대밭을 빠져나가자 안개가 드리운 장막 아래

로 명멸하는 점들이 보였다. 언덕 위에서 불빛이 번지고 있었다. 꼭두가 발끝으로 그쪽을 가리켰다.

"저기가 거기란 말이지. 그래, 그렇게 하는 게 좋겠다."

재희가 꼭두에게 전달받은 사항을 은비에게 알려주었다. 은비가 야옹 야옹 울었다.

안개가 불러일으킨 악몽이 쉼 없이 너울거리며 무수한 형상으로 탈바꿈했다. 그러나 이는 보통의 인간을 쫓아낼 수 있을지 몰라도 나무 인형과 고양이, 이미 죽은 사람을 두렵게 하지는 못했다.

인가는 어둠 속에서 갑작스레 나타났다. 대문은 열려 있었다. 문설주에 걸린 조등이 음험하게 빛났다.

꼭두가 용맹하게 마당으로 들이닥쳤다. 재희가 은비를 안아 들고 주위를 두리번거리다가 장애물을 발견하지 못하고 발을 헛디뎠다.

문턱 앞에 드러누워 있던 싸리비가 벌떡 일어났다. 은비가 재희의 품에서 뛰어내렸다. 싸리비를 피해 달아나면서 재희가 외쳤다.

"김씨들이야! 도망쳐!"

꼭두가 귀띔한 대로 그 집은 김씨들이 장악하고

있었다. 부러진 싸리비부터 한 짝만 남은 짚신이며 손잡이가 빠진 맷돌까지, 바깥채고 안채고 할 것 없이 도깨비들 천지였다.

썩은 볏짚을 부풀린 짚신이 꼭두를 공격했다. 은비가 하악질을 하며 달려들어 짚신을 후려쳤다. 짚신이 느슨해진 새끼를 늘어뜨려 결박하려고 하자, 신경질이 난 은비가 새끼를 할퀴어 끊어버렸다.

재희가 은비를 불렀다. 꼭두가 안채 쪽으로 달려가고 있었다.

“여기로! 나를 따라와!”

은비는 뒤늦게 둘과 합류했다. 좁다란 방 안의 흙벽 위에서 그림자들이 겁박하듯 팔을 치켜들었다. 아궁이에서 시커먼 불길이 일렁였다.

꼭두가 안내한 곳은 부엌간이었다. 은비가 부뚜막으로 올라가자 기함이라도 하는 것처럼 솥뚜껑이 들썩였다. 김이 피어오르면서 달달한 냄새가 풍겼다.

셔츠 소매를 말아 쥔 재희가 솥뚜껑을 열어젖혔다. 아궁이에서 튀어 오르는 불티까지 거무죽죽한 잿빛인 와중에 팥죽 위로 발긋한 빛이 내비쳤다.

“우리의 예상이 맞았어. 다행이야.”

그때 살강에 놓인 사발 하나가 뜀박질해 꾹두를 제 안에 가둬버렸다. 옳거니 싶었던 재희가 사발을 낚아챘다. 그 짧은 사이에도 숨이 막혔는지 꾹두가 부르르 몸을 떨었다.

재희가 쏟아지는 김을 온 얼굴에 맞으며 솥 안에서 끓고 있던 팥죽을 퍼냈다. 팥죽을 담은 사발이 언제 그렇게 길길이 날뛰었냐는 듯 기를 못 쓰고 굳어버렸다.

"이거나 먹어라."

은비와 대치하던 부지깽이를 향해 재희가 팥죽 한 사발을 끼얹었다. 죽을 뒤집어쓴 부지깽이가 시체처럼 널브러졌다.

재희가 팥죽을 부엌간 여기저기에 뿌렸다. 부엌간을 포위하고 있던 김씨들이 약이 올라 달그락거렸다. 재희가 손등에 튄 팥죽을 핥으면서 위협적으로 발을 굴렀다.

"가까이 오기만 해봐. 뜨거운 맛을 보여줄 테니까. 흠, 맛있기는 하네."

셋은 옆문으로 나갔다. 뒤뜰에는 우물이 하나 있었다. 꾹두가 다리를 젓히고 손을 놀려 우물 옆을 타고 올라갔다. 은비가 울타리 밖을 노려보았다. 짐승으로서 본능이 알려주는 대로라면 형형하게 번뜩이는 저 안광의 주인은 범이었다.

돌 위에서 제자리걸음하던 꼭두가 우물 속으로 뛰어내렸다. 깊디깊은 아래에서 휘파람을 닮은 바람 소리가 샘솟았다.

재희가 은비를 들어 올려서 우물 둘레에 내려주었다.

"먼저 가."

은비가 야옹 하고 울었다. 재희가 웃으며 대답했다.

"아냐, 내가 더 고맙지. 이따 봐."

은비가 네 발로 힘차게 도약했다. 행여나 털이 축축해질까 염려했지만 우물에는 물이 없었다. 은비는 그로부터 한참 동안 거센 흐름에 휩쓸려 곤두박질했다.

마지막 순간까지 고양이였다면 참 좋았으련만 은비는 인간의 형상을 한 채로 어딘가에 억세게 부딪쳤다. 목 앞에서 달랑거리던 방울이 느껴지지 않았다. 어리둥절한 눈초리로 주변을 휘둘러보는 것도 모자라 뺨까지 꼬집은 후에야 현실로 돌아왔음을 자각했다. 세상이 생략된 부분이라곤 없이 명료하고 세세했다.

옆에서 들리는 말소리에 정신을 차린 은비가 부랴부랴 몸을 일으켰다.

"이럴 수가! 어떻게 그림에서 빠져나온 거지?"

여자애가 새파랗게 질린 입술을 떨었다. 그의 손에는 두 쪽으로 찢긴 족자가 들려 있었다. 개중 오른손에 쥐어진 그림 반쪽에는 한밤중에 우물가를 배회하는 범이 그려져 있었다. 팥죽을 훔쳐 먹은 듯 주둥이가 끈적끈적하게 젖어 있던 범의 모습이 눈앞에 있는 것처럼 실감 났다.

여자애가 족자를 수습해 배낭에 챙겨 넣었다. 낙담해서인지 슬리브리스 티셔츠의 등판 아래로 비어져 나온 꼬리가 축 처져 있었다. 검은빛이 도는 주홍 털의 그것은 분명히 여우의 꼬리였다.

여자애가 스리슬쩍 물러나는 은비를 막아섰다.

"내 그림을 망가뜨리다니. 내가 널 가만히 둘 것 같아?"

윽박지르는 말소리에 짐승이 짖는 소리가 섞여 있었다. 재희가 은비 옆으로 다가오며 항의했다.

"이유야 어떻든 우리는 이미 탈출에 성공했어

요. 더군다나 그건 정당한 거래가 아니었잖아요. 사기였죠."

"인간도 아닌 주제에 인간의 편을 들다니. 그래, 그림에서는 달아날 수 있었다고 치자. 재가 이곳에서 멀쩡히 살아 나갈 수 있을 것 같아? 나를 만만하게 봤다면 실수한 거야. 여우는 절대 원한을 잊지 않는다고."

여자애가 캉캉 웃었다. 한 발 한 발 거리를 좁혀 오는 몸놀림이 노련한 사냥꾼 같았다.

그때 흥미진진한 구경거리라도 난 것처럼 그들을 에워싸고 있던 인파 속에서 한 사람이 걸어 나왔다. 맵시 있게 머리를 틀어 올린 그 여자는 꼭두 좌판의 주인이었다.

"그만하시죠. 다른 날도 아니고 백중날 밤에."

"아까부터 수상하다 했어. 당신, 애들이랑 무슨 관계야?"

샛노란 눈동자를 번뜩이며 여자애가 따져 물었다. 주인 여자가 몸을 낮추자 꼭두가 날듯이 뛰어 앞치마를 두른 끈 속으로 들어갔다.

"질문에도 값을 치러야 한다는 걸 아실 텐데요. 제게 답을 구하는 대신 뭘 내놓으시려고요? 저는 손해 보는 장사는 하지 않아요."

여자애가 주인 여자를 노려보았다. 그러나 잔뜩 골이 난 듯한 표정이 무색하게 입술 끝을 누르고 있던 송곳니가 차츰 작아졌다. 이윽고 꼬리까지 감춘 여자애는 잽싸게 자리를 떴다.

주인 여자가 싱겁게 됐다는 듯 웅성거리던 구경꾼들을 쫓아냈다.

"시장이 파하기 전에 즐기셔야죠. 가세요. 이제 다 끝났어요."

순간 은비의 머릿속에 오래전 앨범에서 찾은 사진 한 장이 스쳐 지났다. 테두리가 우그러진 흑백사진 속에서 짙은 색깔 저고리에 꽃무늬 치마를 받쳐 입고 허리끈으로 앞치마를 고정시킨 외할머니는 한 소녀의 손을 잡고 시장통에 서 있었다. 그 소녀는 바로 은비의 엄마였다.

외할머니가 은비를 마주보며 웃었다. 네가 추측한 것이 맞다고 알려주는 것처럼.

은비도 미소 지었다. 한 번도 만난 적 없는 외할머니께 도와주셔서 감사하다는 인사를 전하려는 듯이.

그때 천막을 장식한 전구들이 점멸하더니 일순

간에 꺼졌다. 분위기가 심상치 않음을 눈치챈 재희가 은비를 불렀다.

"이만 나가자."

그 많던 구경꾼들은 어느샌가 자취를 감춘 뒤였다. 찢긴 비닐이 허공에 나부꼈다. 여름밤이라고 믿기에는 바람이 지나치게 서늘했다.

은비가 비명을 삼켰다. 이제 보니 자신은 마을 뒤편 가시나무 숲 한가운데 서 있었다. 어둠을 사르며 불덩이들이 하나둘 솟구쳤다. 저토록 애달프게 흐느끼고 있는 건 누구일까. 짐승일까. 귀신일까. 아니면 도깨비일까.

곡소리가 커졌다. 은비가 두 눈을 휘둥그렇게 떴다.

'저건 내 목소리잖아. 나는 무슨 이유로 저렇게 목 놓아 울고 있는 거지?'

그때 귀에 익은 말소리가 은비를 돌려세웠다. 재희는 그런 순간에조차 다정하고 침착했다.

"내 말 잘 들어. 방울 소리를 따라가는 거야. 딸랑 딸랑 하는 소리, 너도 들리지?"

정말이었다. 은비에게도 맑고 고운 소리가 들렸

다. 은비가 고개를 끄덕였다.

"응, 방울 소리를 따라갈게. 한눈팔지 않을게."

꼬불꼬불한 길을 휘돌아 한참을 쫓아오던 도깨비불이 멀어졌다. 금줄을 넘은 뒤에도 같은 곳을 맴돌고 있다고 생각했는데 은비는 재희와 더불어 맨 처음 불빛을 목격했던 자리에 돌아와 있었다. 저 멀리 산모퉁이에서 환희에 겨운 웃음소리가 들리는 듯도 했다. 어서 이곳으로 자신들을 찾아오라고 유혹하는 것처럼.

하지만 은비는 더는 홀려 있지 않았다. 산책을 하고 싶은 마음도 없었다. 빨리 방으로 돌아가 쉬고 싶었다.

재희가 반바지 주머니에 손을 넣고 은비에게 눈짓했다.

"피곤하지? 집까지 바래다줄게."

"고마워."

둘은 말없이 걷기만 했다. 돌다리를 지날 때 은비가 불쑥 재희에게 물었다.

"저기, 우리 내년에 또 만날 수 있을까?"

"글쎄."

걸음을 멈춘 재희가 의아하다는 듯한 눈빛으로

은비를 흘끔거렸다.

"갑자기 왜? 그런 질문은 한 번도 한 적 없잖아."

완벽하게 차오른 달이 그들을 비추었다. 그러나 은비가 익히 알고 있는 것처럼 재희의 발밑에는 그림자가 없었다.

사 년 전 여름, 재희는 은비와 헤어져 귀가하는 길에 교통사고로 목숨을 잃었다. 재희의 장례를 치르던 날 은비는 포를 자기 집으로 데리고 왔고 그날부터 그들은 같은 침대에서 잠을 잤다.

그로부터 일여 년이 지난 어느 날, 은비는 우산을 쓰고 가다 가로등 밑에서 자신을 기다리던 재희와 맞닥뜨리곤 깜짝 놀라 뒷걸음질했다. 재희는 울먹이는 은비를 붙잡으려고 했으나 그럴 때마다 그의 손은 빗속을 더듬었을 뿐이었다. 죽은 사람과 산 사람은 재회할 수 있을지언정 온전히 맞닿아 있을 수 없었다.

그날이 음력 7월 보름으로 백중(百中)이라고 불린다는 것을 은비는 작년에야 알게 되었다. 그날의 또 다른 이름이 중원 또는 망혼일이라는 것도.

은비는 오늘에야말로 털어놓아야 한다고 생각했다.

'재희야, 네가 망혼일마다 나를 만나러 오게 된 건 내 욕심 때문일 거야. 너를 보내주어야 했는데 그러지 못해서. 내가 이기적이라서. 혼자만의 슬픔에 빠져 있어서.'

울음을 삼킨 은비가 입술을 달싹였다.

"있지, 나는 너를 좋아했어."

"알아."

재희가 담담한 말투로 대답했다.

"올 여름이 지나면 나는 이 동네를 떠나게 될 거야. 부모님과 함께 이사를 준비하고 있거든. 물론 포도 같이 갈 거야. 새로운 집에서 적응할 수 있도록 내가 도와줘야지."

은비가 애써 씩씩하게 목소리를 돋우었다.

한때 우리가 알았던 친구들 대부분은 더는 여기에 살고 있지 않아. 이 소읍은 비어가고 있어. 머지않아 여우와 도깨비, 귀신 들만이 남게 될지도 모르지.

인정하고 싶지는 않지만 어쩌면 나도 너를 잊어가고 있었나 봐. 포가 알려주지 않았다면 오늘의 약속에 늦고 말았을 거야. 미안해, 재희야. 이런 나를 용서해 줄 수 있겠니.

죽는 날까지 너를 기억할 거라고 다짐했는데. 그날의 고통에서 절대 벗어나지 않을 거라고 맹세했는데…….

그 무수한 고백들을 억누르고 은비는 다만 이렇게 말했다.

"하지만 아무리 많은 것들이 변해도, 긴 시간이 흘러도 내가 너를 좋아했다는 사실은 변하지 않을 거야. 그 순간의 진심은 영원할 거야."

"응, 믿을게."

비스듬하게 돌린 재희의 목덜미가 빨갰다. 눈물을 닦으면서 은비가 걸음을 뗐다.

"우리 그만 갈까."

"그래."

둘은 천천히 걸어 나갔다. 닿을 듯 닿을 수 없는 거리에서, 어깨를 나란히 한 채로.

집 앞 골목에서 은비는 재희와 헤어졌다. 돌계단을 올라가려다 문득 옆을 보았을 때 재희는 가로등 불빛 아래에서 은비를 응시하고 있었다. 그러나 은비가 계단에 발을 올리는 순간 이 세상에서 사라졌다.

은비가 현관문을 열었다. 슬립온을 벗어던지고

금방이라도 넘어질 듯 비틀거렸다.

재희야, 우리가 다시 만날 수 있을까. 도시까지 길을 잃지 않고 나를 찾아올 수 있겠니.

고양이는 어디든지 갈 수 있으니까.

우리는 모두 한 번쯤 집을 떠나야 하니까.

그때 은비의 다리께에서 보드라운 감촉이 전해졌다. 은비가 포를 안고 폭신한 털에 뺨을 비비면서 인사했다.

"고마워. 네 덕분이야."

포가 야옹 하고 울었다. 먼 곳에서 방울 소리가 울렸다.

산중호걸

고양이는 바윗돌 위에 엎드려 앞발에 턱을 대고 졸고 있었다. 적어도 소녀는 그렇게 생각했다.

남자 친구를 만나러 가는 길이었다. 엄마한테는 산책도 할 겸 도서관에 다녀오겠다고 말해두었다. 거짓말을 한 것이 켕겼는지 방을 나서기 전 소설책 한 권을 크로스 백에 욱여넣기는 했다. 대출 기간이 내일까지인 책을 소녀는 반의 반도 읽지 못했다.

그 고양이는 해안도로 옆 공원에서 종종 마주치던 줄무늬 고양이들과는 조금 달라 보였다. 하지만 소녀는 고양이를 좋아했고 그건 몸집의 크기나 털의 색깔, 꼬리의 모양과는 상관없는 일이었다.

소녀가 외투 주머니에서 휴대폰을 꺼냈다. 기척을 죽이고 살금살금 나아가자 크로스 백에 매달린 인형이 조심조심 흔들렸다. 카메라를 켠 소녀가 직사각형의 프레임 위로 시선을 두고 혼잣말했다.

"저 눈동자 색 좀 봐. 예쁘다."

언제 잠에서 깼는지 고양이가 초록빛이 감도는 눈을 뜨고 소녀를 바라보고 있었다. 이내 앞발을 뻗고 엉덩이를 들어 시원스럽게 기지개를 켜더니 덤불 사이로 물러났다. 다급해진 소녀가 촬영 버튼을 눌렀다. 고양이의 몸동작이 이루 말할 수 없을 만큼 유연하고 기민한 데 반해 소녀는 매번 한 박자씩 늦었다.

원하는 장면을 포착하는 데 실패한 소녀가 채팅앱을 열고 메시지창에 몇 마디를 써넣었다.

[고양이를 봤거든. 하품하는 모습이 엄청 귀여웠는데. 사진을 보내주려고 했는데 한 장도 못 건졌네. 아쉽다.]

단 하나, 소녀가 오해한 바가 있다면 그 고양이가 고양이가 아니라는 사실이었다. 범처럼 양쪽 귀 뒤에 흰 반점이 있던 그 동물은 삵이었다. 누군가는 삵 또

한 고양잇과에 속하며 범 역시 그러하다는 점을 지적할 지 몰라도 고양이에게는 삵이나 범과 달리 흰 반점이라는 공통점이 없었다.

소녀는 외투 주머니에 두 손을 찔러 넣고 그곳을 떠났다. 삵이 화단을 따라 어슷하게 놓인 바위를 딛고 올라갔다. 멀리서 펄에서 풍길 듯한 비릿한 냄새가 실려왔다. 날씨가 흐려지고 있었다. 얼마 지나지 않아 이 화단도 인근의 아파트 단지가 드리운 그늘에 가려 춥고 스산해질 것이다. 이제는 정말 돌아가는 편이 나을 듯했다.

이어지는 길가에 건물 이삼 층 높이의 가림막이 장장 한 구획에 달하는 터를 빙 두르다시피 서 있었다. 그 거대한 막조차 중장비들이 움직이며 내는 소음과 분진을 모두 막아주지는 못했다.

십 년 넘게 방치된 나대지에는 씨앗으로 날아와 뿌리를 내린 나무며 풀들이 우거져 있었다. 금속이 맞부딪치는 소음에 심기가 불편해진 삵이 빳빳해진 수염 끝을 당기며 으르렁거렸다. 그러다 성가신 사건이라도 맞닥뜨린 것처럼 앞발 하나를 들고 마지못해 하늘을 올려다보았다.

바로 옆에서 까치 한 마리가 날아들었다. 삵의 머리 위를 두어 번 돌더니 항의하듯 시끄럽게 지저귀면서 소나무에 앉았다. 미술에 조예가 있는 사람이라면 그 광경에서 범과 까치와 소나무가 그려진 민화를 떠올렸을 것이다. 하지만 그 상황은 작호도(鵲虎圖) 속 그것과는 사뭇 달랐다.

왜냐고 묻는 것처럼 삵이 귀를 쫑긋거렸다. 까치가 기를 쓰며 우짖는 가운데 가림막 저편에서 벌어지기 직전의 사건이 강렬한 예지로 들이쳐 삵의 털을 곤두서게 했다.

굴착기가 지금 막 쓰러뜨리려는 나무에는 까치가 지은 둥지와 갓 낳은 알들이 있을 것이다. 까치가 정성껏 품고 있었을 다섯 개의 알들은 금속 팔을 휘두르는 중장비의 공격을 받아 둥지 밖으로 밀려나면서 처참하게 으스러질 것이다.

삵이 목 주위에 솟은 털을 가라앉히며 자신도 어쩔 도리가 없다는 듯 짧게 짖었다. 까치는 소나무 가지 위에서 한참을 더 울었다.

삵이 자동차가 다니지 않는 도로를 가로질렀다. 학생들이 짝을 지어 횡단보도를 건넜고 직장인들이 버스에서 내렸다. 마트에는 계산대마다 줄이 늘어섰고 호프집에는 영업 중임을 알리는 표지판이 내걸렸다.

신도시의 저녁이 시작되고 있었다.

삵은 인간사의 소란에는 별달리 관심이 없는 듯했다. 느긋하게 보도를 거닐다 갑작스레 멈춰 선 곳은 손님들로 가득한 생선구이 집 뒤쪽 골목이었다.

삵이 귀를 누이며 송곳니를 드러냈다. 그늘진 외벽에 설치된 배기구 앞에 검은 형상이 모여 나부끼고 있었다. 배기구에서 흘러나오는 탄내와 연기에 취해 흐느적거리던 그것들은 귀(鬼)였다. 적의 어린 숨결과 걷어차는 발길, 함부로 떠미는 손길에 실려 인간들 사이를 떠돌던 그들은 소멸이라는 축복을 받지 못하는 이상 끝없는 허기에 시달리며 서로 먹고 먹혀야 했다.

삵이 꼬리를 곧추세웠다. 우아하게 휜 꼬리 끝에는 금빛 무구가 달려 있었다. 그 물건을 제 눈으로 볼 수 있는 사람은 드물었다. 그 소리를 들을 수 있는 사람도 그러했다.

쨍강 하는 소리가 오염된 공기를 가르며 울려 퍼지는 순간, 주제도 모르고 삵에게 덤벼들고자 덩치를 부풀린 잿빛 형상이 새된 비명과 함께 허물어졌다.

"저 소리는, 안 돼!"

자신이 누구인지조차 잊어버린 그들은 매끄럽고 영롱하며 마주 본 자의 형상을 되비추는 것들을 싫어했다. 무구가 퍼뜨리는 빛과 소리에 쫓긴 귀들이 찢어진 천처럼 너울거리며 더욱 깊고 음습한 곳으로 숨어들었다.

한숨을 돌린 삵이 한 올 한 올의 털 속에 바람을 머금어 부덕과 퇴폐, 음심의 냄새를 씻어냈다. 김이 서린 창문 너머에는 손님들이 미처 소화하지 못할 음식들을 접시 위에 쌓아놓고 웃으며 떠들고 있었다.

바람결에 스스로를 정화한 삵이 발길을 돌렸다. 주차 차단기 아래로 미끄러져 쓰레기 수거함을 지나칠 무렵 도로 저편에서 생쥐 한 마리가 달려왔다.

삵이 동그랗게 뜬 눈을 빛내며 자리를 박차고 나갔다. 앞발을 내디디며 위협하는 소리가 천적이라곤 거의 없는 맹수답게 사나웠다. 생쥐는 기겁한 나머지 찍 소리도 내지 못하고 배수로 속으로 굴러떨어졌다. 생쥐는 오늘 일에서 공포로부터 달아나는 법을 배웠을 것이다. 그것이 삵이 그에게 줄 수 있는 가장 큰 교훈일지 몰랐다.

삵이 간만의 유희에 기꺼워하며 입간판을 뛰어 넘었다. 명도가 낮은 물감들을 동시에 푼 듯 하늘이 어두컴컴하게 물들어 있었다. 삵이 자신만이 아는 길을 따라 미완공 상태로 버려진 건물과 철조망, 컨테이너 박스와 깨진 화분 사이로 나아갔다.

삵이 변두리 가게로 다가들었다. 다소 엉뚱하다 싶은 위치에 나 있던 건물 후미의 출입문에는 시트지를 오려 만든 상호명이 붙어 있었다.

직녀 뜨개방.

삵이 문 아래쪽 지면과 가까운 곳에 설치된 덧문을 머리로 밀어 열었다. 가게 안은 어스름이 깔린 바깥과 비교해도 그다지 밝지 않았다. 삵은 외출을 하고 돌아온 뒤 늘 그렇듯 러그를 깔고 앉아 공들여 몸단장을 했다.

"산책은 즐거웠어요? 별은 잘 봤고요?"

흔들의자에 앉아 뜨개질을 하고 있던 여자가 그를 반기며 인사했다. 질푸른 원피스 차림의 여자는 뜨개방의 주인인 직녀였다. 같은 이름으로 불리는 별의 수호 아래 영겁에 가까운 세월 동안 운명이라는 베를 짠 직녀는 자연스럽고 교묘하게 삵이 직조되는 방식을 들여다볼 수 있었다.

삵이 기하학적인 무늬가 수놓인 카펫을 가로질렀다. 다정한 손길을 고대하는 것처럼 흔들의자 앞에 멈춰 서서 머리를 조아렸다.

"오늘은 백운, 당신은 물론이고 우리 모두에게 무척 중요한 날이군요."

직녀가 삵을 어루만져 주는 동안에도 한 쌍의 대바늘은 부리는 손길 없이 공중에 떠올라 혼자 움직였다. 은은한 광택을 발하는 직녀의 원피스 무릎께에는 복잡한 문양이 짜인 편물이 펼쳐져 있었다.

삵이 카펫 위에 흐트러진 털실을 피해 걸었다. 테이블 밑을 지나 병풍 뒤로 들어가는 즉시 그의 모습이 돌변했다. 자그마하던 몸이 커지면서 곧아지는 한편으로 뒷다리가 길어졌고 귀의 위치가 낮아졌다. 숨겨져 있던 발톱이 드러나면서 짧아졌고 잔털이 줄었으며 검고 풍성한 머리카락이 자랐다.

남자가 수납장 제일 위 칸을 열고 손에 쥔 무구를 넣은 다음 벗어둔 옷을 끄집어냈다. 직녀가 말했듯, 남자의 이름은 백운(白雲)이었다. 이는 그가 기거하는 섬에 있는 산의 이름이기도 했는데 그와 산, 둘 가운데 무엇이 먼저 존재했는지 이제 와 그 자신도 확신할 수 없었다.

섬이라는 지리적 특성으로 말미암아 백운산에는 범이 서식한 적이 없었다. 섬에서 가장 무시무시한 포식자는 대대로 삵이었다. 그러므로 백운산의 호걸이 범이 아니라 삵으로 탈바꿈할 수 있던 건, 어떤 면에서 무척 타당한 귀결이었다.

백운이 옥스퍼드셔츠의 단추를 잠근 뒤 스웨터를 껴입었다. 면바지를 끌어올리고 양말을 신은 발을 데크 슈즈에 밀어 넣었다.

백운이 병풍 밖으로 걸어 나갔다. 대바늘에 털실을 감던 직녀가 원래 모습으로 돌아온 것을 환영한다는 듯 미소를 지었다. 백운이 고개를 끄덕이며 테이블 앞 의자에 앉았다.

"눈이라도 올 것 같은 하늘이네요. 오늘 아침에 일기예보를 확인할 때만 해도 눈 소식은 없었는데."

나지막이 내뱉은 언사에 솔잎 나부끼는 소리가 따라붙었다. 백운산은 소나무가 많이 식생하는 산이었다. 직녀가 대바늘을 놀리며 대답했다.

"날씨야 워낙에 예측하기 어려우니까요."

"사실상 봄이나 마찬가지인데 말이에요. 작년엔 난데없이 소나기가 쏟아지더니 왜 매번 이 모양인지."

백운이 투덜거리며 발밑에 굴러다니던 털실을 집어 들었다. 폭신한 털실이 그의 손가락을 감았다.

백운이 등받이에 팔을 걸치고 직녀의 손에 들린 편물을 응시했다. 그런 시선을 알아차리기라도 한 듯 편물의 코가 뒤섞였다. 이치에 맞지 않는 방식으로 풀어졌다가 다시 얽히더니 해서체의 길상 문자로 새롭게 짜맞춰졌다.

초록색 바탕에 붉은색과 금색으로 나타난 글자는 복(福) 자였다. 곧 복 자마저 흩어진 자리에 귀(貴)니 수(壽)니 하는 글자들이 연이어 솟아오르더니 한 송이 복사꽃으로 탐스럽게 피어났다.

백운이 자신의 왼손 약지를 조이는 털실을 당기며 항변했다.

"아아, 그렇게 깨물지 말라고. 아프단 말이야."

순간 코들이 우수수 풀리면서 편물 위에 만개해 있던 복사꽃이 져버렸다. 직녀가 말했다.

"첫 번째 손님이 오셨군요."

백운이 몸을 일으키기도 전에 출입문이 열렸다.

이내 진눈깨비가 섞인 바람이 잦아들고 딸깍 소리와 함께 문 앞에 우산이 떠 있었다. 직녀의 눈동자에 어떤 이의 형상이 어렸다. 전등 아래 우산을 들고 선 여자의 모습이 이내 또렷해졌다.

그 시점에 백운도 상대가 누구인지 알아볼 수 있었다. 분홍색 저고리에 연두색 치마를 입은 여자가 젖은 우산을 접으며 진저리 쳤다.

"이런 날 눈이라니, 다른 날도 아니고 일 년에 딱 한 번 바깥나들이를 하는 날에."

백운이 반갑게 손을 들었다.

"개화, 오랜만이야."

개화(開花)가 뒤돌아섰다. 그 이름에서 추측할 수 있다시피 개화는 사계절 중 유독 겨울을 꺼려했다.

백운과 개화가 안부 인사를 나누는 사이 직녀가 짜고 있던 편물의 무늬가 한층 어지럽게 바뀌었다. 사찰과 봉화, 터널과 산책로, 자동차와 사람을 암시하는 무늬들이 서로를 잇고 또 지우며 번다한 궤적을 남겼다.

개화의 손에서 떨어져 나간 우산이 손잡이를 위로 한 채 문 옆에 꼿꼿하게 섰다. 개화가 흰색 새들슈즈에 묻은 물방울을 털고 다가와 직녀를 끌어안았다.

"다시 뵐 수 있어서 기뻐요. 그동안 잘 지내셨어요?"

"덕분에요. 시간 맞춰 와줘서 고마워요."

직녀가 개화를 토닥였다. 옆에 있던 백운이 의자를 두드리며 말했다.

"어서 와 앉지 그래."

개화가 메고 있던 핸드백을 의자 등받이에 걸치고 곰방대를 꺼냈다. 백운이 털실로 손장난을 하면서 물었다.

"오느라 많이 힘들었어?"

"그보다는 요 며칠 잠을 설쳐서."

곰방대를 손에 든 개화가 인상을 썼다. 곰방대의 대통에서 저절로 불이 피어올랐다. 개화가 물부리를 문 입술을 떼고 연기를 내뿜자 자욱한 꽃향기가 사방에 퍼져갔다.

개화는 오늘의 약속을 지키기 위해 연해를 가로지른 다리를 건너야 했다. 백운과 마찬가지로 산과 그 산에 딸린 도시와 그곳에 기거하는 식솔을 거느릴 만큼 큰 신인 그에게 그 길이 대단히 고단했을 리 없었다. 다만 신이 정주하는 장소를 벗어나는 일이 극도로 드물다는 사실을 감안하면 이곳을 방문한 것 자체가 흔치 않은 성의의 표시였다.

"일단은 터널 때문이지. 워낙에 떠들썩해야지. 근래에는 생태 복원이니 뭐니 하는 구실로 여기저기 손대는 바람에 등산객들이 늘었지 뭐야. 꽃이라도 피면 더 큰 소동이 벌어지겠지. 벌써부터 골치가 아프다니까."

개화가 그렇게 말하고서 뭔가를 찾는 것처럼 주위를 두리번거렸다. 백운이 근처에 있던 재떨이를 끌어다 주었다.

"고마워."

개화가 곰방대를 재떨이에 괴어놓으려다 말고 표정을 일변하며 중얼거렸다.

"뭐지? 낯선 기운이 느껴지는 것 같은데."

"어떤 불경한 놈이."

직녀가 의자를 박차고 일어서는 백운을 만류하려는 찰나 문밖에서 똑, 똑 소리가 들렸다.

"안녕하세요. 죄송하지만 여쭙고 싶은 게 있어서요."

귀를 곤두세워야 알아들을 수 있을 정도의 작고

수줍은 음성이었다. 직녀가 서둘러 응대했다.

"문은 열려 있어요. 들어오셔도 돼요."

눈발이 그친 하늘을 등지고 서 있는 건 중학생 쯤으로 보이는 여학생이었다. 여학생이 부츠를 신은 발을 모으고 우물쭈물했다.

"오늘 저녁에 이곳에서 잔치가 벌어질 거라고 들었는데 맞나요?"

체크무늬 플란넬 셔츠와 청바지를 입고 캐멀색 코트를 걸친 여학생은 얼핏 범상한 인간처럼 보였으나 그것이 사실일 수 없음을 모두 인지하고 있었다. 그랬다면 뜨개방을 발견할 수조차 없었을 테니까.

문턱 앞으로 걸어간 백운이 물었다.

"그걸 어떻게 알고 있죠?"

"저, 그게……. 부탁을 받아서요."

여학생이 쩔쩔매며 대답하자 개화가 백운의 등 뒤에서 외쳤다.

"누구의 부탁이었는데요?"

"운겸 님이요. 백운산 아래에 있는 직녀 뜨개방을 찾아가 선물과 함께 축언을 전해달라고 제게 신신당부하셨어요. 그러니까, 어젯밤 돌아가시기 전에요."

"이런."

개화가 탄식했다. 백운이 주먹으로 문 옆을 내리누르며 눈물을 글썽였다.

"운겸, 운겸이 죽었다고? 말도 안 돼."

그런 둘을 달래려는 의도인 듯 직녀가 나긋한 어투로 당부했다.

"손님맞이를 이렇게 하면 안 될 것 같은데. 추울 텐데 얼른 들어오세요. 백운, 부탁드릴게요."

백운이 황급히 여학생을 안으로 들였다. 직녀가 눈짓을 보내자 테이블 끄트머리에 있던 찻주전자가 사뿐히 공중으로 날아올랐다.

백운이 찻잔을 챙겨와 여학생과 개화 그리고 자신 앞에 놓았다. 찻주전자가 김이 피어오르는 주둥이를 기울여 차를 따라주었다. 여학생이 몇 모금을 홀짝였다. 덕분에 목 끝까지 올라와 있던 울음도 삼킬 수 있었다.

"향기가 참 좋아요."

여학생이 속삭이자 직녀가 답했다.

"쑥차예요. 개화가 준 선물이랍니다. 개화는 매해 봄이면 자신의 산에서 나는 쑥을 캐 줘거든요."

개화가 찻잔에 입술을 대며 보일 듯 말 듯한 미

소를 띠었다. 여학생이 머뭇머뭇 대화를 이었다.

"이 자리에 모인 분들이라면 알고 계시겠지만 운겸 님은 몇 해 전부터 시름시름 앓고 계셨잖아요. 철새들이 쫓겨난 지는 제법 됐어요. 지난가을에는 조개들이 폐사했고요. 무슨 조치를 취하는 게 좋지 않겠느냐고 여러 번 여쭈었지만 제가 있으니 괜찮을 거라고 오히려 저를 안심시켜 주셨어요. 자기 대신 섬을 맡아달라면서. 나는 아무것도 모르는데. 나한테 무슨 자격이 있는지도 모르겠는데."

여학생이 말끝을 흐렸다. 백운이 슬픔에 젖어 그러나 단호하게 고개를 저었다.

"아뇨, 당신이 있었기 때문에 운겸은 마음 편히 눈감을 수 있었을 겁니다. 운겸의 친우로서 분명하게 말씀드릴 수 있어요."

"백운의 말이 맞아요. 자신의 잘못이 아닌 일로 스스로를 괴롭히지 말아요. 그저 때가 왔기 때문이에요. 우리의 시대가 끝나가고 있기 때문에."

개화가 여학생의 손등에 제 손을 얹으며 위로했다. 직녀가 뜨는 편물의 문양이 광포할 만큼 격렬하게 뒤바뀌었다. 비명과 통곡, 피와 시체, 미처 손쓸 새도 없는 죽음들. 어떤 신들의 최후는 평화롭지 않았다.

"저는 개화라고 해요. 흔히들 그 이름에서 열 개(開) 자에 꽃 화(花) 자를 떠올리겠지만 불 화(火) 자를 쓰는 편이 성미에 더 맞을 듯하다고 혼자 생각하곤 한답니다. 당신은 어떤 이름으로 불러드려야 할까요."

개화의 질문을 듣던 여학생이 아차 하는 표정을 지었다.

"죄송해요. 아직 제 소개도 하지 않았네요. 저는 도요예요. 운겸 님께서 그렇게 지어주셨어요. 도요새에서 따온 이름이에요."

도요는 본디 갯벌 한편에 세워진 솟대였다. 인간이 만든 장식물이었던 그에게 마음이 깃들게 된 건 한 일꾼 때문이었다.

"운겸 님께서 말씀하시기를, 솟대를 깎는 동안 그 일꾼은 한 사람을 골똘하게 생각했을 거래요. 그래서 제 모습이 그를 닮게 됐을 거라고 했어요. 아마도 일꾼이 무척 소중하게 여기는 사람이었을 거라고. 하지만 자매들 가운데 마음을 가진 건 저밖에 없어요. 그 외에는 아무도 깨어나지 못했죠."

도요가 찻잔을 만지작거렸다. 찻주전자가 대화

를 방해하지 않으려는 듯 신중한 태도로 빈 잔에 차를 따라주었다.

"저는 백운이에요. 운겸과는 둘도 없는 지우죠. 인간들이 이 섬으로 배를 띄우기 전부터 교분이 있었거든요."

백운은 그렇게 말하면서 몸을 돌려 직녀를 향해 시선을 던졌다.

"저분은 뜨개방의 주인이신 직녀 님이세요. 우리는 매해 한날한시에 이곳에 모여요. 안부를 묻고 가져온 음식을 함께 먹죠. 나름의 생사 확인을 위한 모임이라고 할까."

"축하도 빼놓을 수 없지. 오늘은 네 생일이기도 하니까 말이야."

개화가 넌지시 보태자 백운이 쑥스러운 듯 얼굴을 붉혔다.

"어쩌다 보니 그렇게 됐네. 처음 만난 날이 공교롭게도 내 생일이었으니까."

백운과 개화가 서로의 눈동자 속에서 같은 날을 확인했다. 머나먼 옛날, 개화산에서 바람을 타고 날아오른 씨앗은 꽃으로 피고 지고 또 피어 바다를 건넜다.

그 꽃에서 거듭난 씨앗을 삼킨 새가 운겸도를 떠나 백운산에 다다랐을 때 그들 셋은 서로를 알아보았다.

그로부터 잠시간 이전과 비교도 할 수 없을 만큼 편안한 침묵이 흘렀다. 개화가 곰방대의 재를 털었고 백운은 털실을 가지고 놀았다. 도요는 차 한 잔을 더 청했으며 직녀는 뜨개질에 집중했다.

잠시 후 시곗바늘이 일곱 시 정각을 가리켰다. 괘종시계의 종소리가 그치자마자 백운이 엄지손가락을 휘감은 털실을 풀면서 불만을 쏟아냈다.

"언제까지 기다려야 하는 거야? 파도, 이 자식은 제시간에 나타나는 법이 없다니까."

직녀가 상냥하게 말을 받았다.

"마지막 손님은 언제나처럼 조금 늦을 것 같군요. 이쯤에서 잔치를 시작하는 게 좋겠어요."

그러자 복도로 난 문이 열리더니 식기와 잔 들이 테이블 위로 날아들었다. 냅킨이 스르르 굴러와 펼쳐지고 숟가락과 젓가락, 포크와 나이프까지 차례차례 차려졌다.

도요는 긴장한 기색이 역력했다. 그런 그를 안심시키려는 듯 개화가 귀엣말을 소곤거렸다.

"부담 느낄 필요 없어요. 마음껏 즐기다 가요. 운겸도 그걸 바랄 테니까."

그러더니 저고리 소매 밖으로 팔을 빼들어 짝하고 손뼉을 쳤다. 일순간 테이블이 들썩거리더니 아무것도 놓여 있지 않은 접시에 음식들이 나타났다. 잡채부터 유밀과, 파스타와 셔벗까지 차림새가 무척 다채로웠다.

"메뉴를 결정하느라 고생을 좀 했지요. 한번 들어봐요. 먹을 만할 거예요."

개화가 참깨 드레싱을 뿌린 견과류 샐러드를 접시에 덜며 도요에게 권했다. 백운이 이번에는 자기 순서라는 듯 손가락을 부딪쳤다.

"나는 올해도 권속들의 도움을 받아보려고."

그러자 고기와 죽, 국수와 떡볶이 같은 음식 들이 비어 있던 접시 위에 모습을 드러냈다. 개중 꼬치 하나는 방금 전까지 불 속에 있었던 듯 기름을 떨어뜨리며 더운 김을 뿜어냈다.

"요즘엔 흠향할 일도 거의 없으니까. 이런 식으로 직접 노고를 치하하는 게 용납받지 못할 짓은 아니라고 생각해."

하지만 백운은 이 순간 어느 생선구이 집에서 한 손님이 자기 몫의 고등어가 사라진 것을 알아차리고 어리둥절하고 있다는 사실까지는 밝히지 않았다.

도요가 포크에 잡채를 말아 입으로 가져갔다. 어린 신은 그제야 식욕이 동한 듯했다.

그 모습을 흐뭇한 눈초리로 지켜보던 직녀가 쥐고 있던 대바늘을 흔들었다. 귀퉁이에 밀려나 있던 접시 하나가 테이블 정중앙으로 느릿느릿 움직였다. 백운이 웃는 듯 아닌 듯 야릇한 얼굴로 입안에 든 미역국을 삼켰다.

"설마, 이건."

직녀가 백운이 끝맺지 못한 얘기를 이었다.

"시루떡이에요. 팥으로 만든 음식을 좋아하잖아요. 지난 동지 땐 팥죽을 못 먹기도 했고. 올해는 케이크 대신 떡으로 준비해봤어요."

동그란 사기 접시에는 생일 초가 꽂힌 떡이 담겨 있었다. 아닌 게 아니라, 켜켜이 쌓인 시루떡의 모양새가 초콜릿케이크와 닮아 있었다.

"고마워요."

백운이 감격에 겨워 우물거리자 개화가 짓궂은

어조로 물었다.

“생일 축하 노래라도 불러줘?”

“제발 그것만은 자제해 주라.”

그때 도요가 들고 있던 포크로 출입문 옆쪽을 가리켰다.

“음, 왜인지는 모르겠지만 창문이 움직이고 있는 것 같아요.”

개화가 냅킨으로 입술을 닦으며 이맛살을 찌푸렸다.

“아무리 환시라고 해도 바닷물에 젖는 건 질색인데.”

철썩 하는 소리를 들은 도요가 반사적으로 발밑을 내려다보았다. 카펫 위로 검푸른 물결이 차올라 있었다. 그러나 부츠 속 양말은 보송보송했다. 슬금슬금 밀려 나간 창문 틈으로 안개구름이 흘러 들어왔다.

갈매기 한 마리가 날아와 직녀의 어깨에 앉았다. 직녀가 녀석을 쓰다듬어 주었다. 팔짱을 낀 백운이 구름 언저리를 쏘아보며 툴툴거렸다.

“적당히 하지? 하루이틀도 아니고 또 속겠냐고.”

천장 바로 아래 널찍하게 펼쳐진 구름 위에서 한 남자가 얼굴을 들이밀었다. 서해를 다스리는 신, 친우들 사이에서는 흔히 파도라는 별호로 불리는 그는 방만한 자세로 구름 한쪽에 모로 누워 있었다.

"여어, 다들 잘 지냈는가."

무성의하게 손을 저어 보인 파도가 몸을 일으켜 앉더니 아래로 뛰어내렸다. 그가 신은 스니커즈의 밑창이 카펫에 닿으면서 진주 빛 물방울을 튕겼다. 그와 함께 뜨개방에 들어차 있던 바닷물과 구름, 갈매기와 뱃고동 소리, 공기 중에 희미하게 감돌던 갯 내음까지 불시에 거두어졌다.

양복 재킷을 매만진 파도가 건들거리는 몸놀림으로 직녀에게 다가갔다.

"직녀 님, 올해도 초대해 주셔서 감사합니다."

"시장하실 텐데 식사부터 하세요."

직녀가 제 손을 붙든 파도의 손가락을 꾸짖듯 쳐냈다. 파도가 휘파람을 불자 테이블 위 잔들이 일시에 채워졌다.

"음료와 술은 내 담당이니까."

개화가 기포가 올라오는 유리잔을 들어 한 모금

을 맛보았다.

"다른 건 몰라도 술 하나는 기가 막히게 잘 고른다니까."

가지런한 치아를 드러내며 씩 웃던 파도가 바로 옆의 도요를 의식한 듯 자세를 바로잡았다. 그는 마음 내킬 때 세상 누구보다 정중해질 수 있었다.

"처음 뵙는 분이군요. 백운의 친구분이신가요? 저는 파도라고 합니다만."

"아, 안녕하세요."

도요가 멋쩍어하며 그와 악수를 나누었다. 낯가림하는 도요를 대신해 백운이 상황을 설명해 주었다.

"도요 님은 운겸의 부탁을 받고 이곳에 오셨어. 어젯밤에 운겸이 운명했대."

"운겸이야말로 우리들 중에 누구보다 오래 살 거라고 생각했는데. 세상일이란 알 수가 없군."

침통한 표정으로 중얼거린 파도가 도요를 향해 돌아앉으며 덧붙였다.

"앞으로는 도요 님께서 운겸도를 관할하시겠지요? 어려운 일이 있으면 언제든지 불러주세요. 섬에게 바다는 그래야 마땅한 존재니까."

"감사합니다."

도요가 진심을 담아 인사했다. 개화가 의자에 걸쳐둔 핸드백을 무릎으로 가져왔다.

"이쯤에서 선물 증정식을 해야겠지."

백운이 개화에게 건네받은 보자기의 매듭을 풀었다. 꽃문양이 자수로 놓인 보자기에는 황금빛 액체가 담긴 유리병이 싸여 있었다. 백운은 기뻐 어쩔 줄 몰라 하는 눈치였다.

"네가 직접 수확한 꿀인 모양이군? 고마워, 잘 먹을게."

한편 도요가 가지고 온 건 조그마한 나무 상자였다.

"이거예요. 운겸 님께서 전해달라고 부탁하신 물건이요."

솔잎 무늬가 조각된 상자를 내려다보던 백운이 눈시울을 붉혔다. 개화가 그의 어깨를 짚고 물었다.

"왜 그래? 사연이라도 있는 물건이야?"

백운이 상자 속 술잔을 들어 보이며 대답했다.

"오래전 백운산 기슭에 아주 솜씨가 뛰어난 도공이 살았던 적이 있어. 그 도공이 빚은 술잔이야. 내 산의 흙을 내 산의 물에 개어 내 산의 나무를 베어 땐 가마에서 구웠지. 애지중지하던 물건이었는데 어느 여름날 운겸과 조각배를 띄우고 놀다가 바다에 빠뜨리고 말았어. 그 일로 이 술잔과는 인연이 다한 줄 알았는데. 운겸이 이걸 찾아냈구나."

그 모습을 잠자코 바라보던 파도가 테이블 위로 팔을 뻗어 백운에게 뭔가를 쥐어주었다.

"내 선물은 이걸세."

파도가 손을 떼자 백운의 손바닥 위로 주홍빛이 도는 비늘 한 조각이 보였다.

옛날 옛적 파도가 신으로 승천한 지 백 년이 지나지 않았을 무렵이었다. 그때까지만 해도 구름을 타고 노니는 법을 제대로 익히지 못한 그는 종종 빗줄기에 섞여 바다로 돌아갈 기회를 놓치고 뭍으로 쓸려가곤 했다. 그날도 석수어 떼와 더불어 헤엄치는 데 몰두한 나머지 폭풍이 다가드는 것을 알아채지 못하고 이에 휩쓸리고 말았다. 맹렬한 바람 속에서 허우적대던 그는 용으로 변신할 새도 없이 근처 섬으로 곤두박질했다.

위기에 처한 파도를 구해준 것이 바로 백운이었다. 백운은 잉어의 형상을 한 채로 숨만 붙어 있던 파도를 못에서 건져내 신력을 나누어 주었고 그가 다음 소나기에 올라 바다로 떠날 수 있도록 도와주었다.

"필요한 순간이 오면 쓸모를 터득하게 될 걸세. 부디 잘 간직해 주었으면 하네."

"알겠어. 잃어버리지 않도록 소중하게 지니고 다닐게."

백운이 잉어의 비늘이 담긴 손을 바지 주머니에 감추었다. 파도가 와인 잔을 들며 제안했다.

"그럼 다 같이 건배라도 할까."

"좋지."

백운이 신나게 맥주잔을 찾아 들었다. 개화가 머그잔을 도요 쪽으로 밀어주며 소곤거렸다.

"이 잔을 들어요. 포도주스예요."

도요가 머그잔을 막 부딪치려는 찰나였다. 직녀의 손에서 엇나간 뜨개바늘이 충격에 사로잡힌 듯 헛손질했다. 도요를 제외한 나머지 넷의 시선이 동시에 출입문을 향해 있었다.

커튼을 젖힌 창문 너머 안개가 몰려와 있었다. 도요가 한껏 낮아진 음성으로 개화에게 물었다.

"무슨 문제라도 생겼나요?"

개화가 입을 열기 전에 직녀가 먼저 대답했다.

"걱정할 것 없어요. 축하 인사를 드리러 손님들이 오셨을 뿐이에요."

직녀의 설명이 무색하게 문밖에서 들려오는 소음은 점점 더 날카로워졌다. 개화가 자리에서 일어난 백운을 도로 앉히고 자신이 나가보겠다는 의사를 표시했다.

시트지가 발린 문이 문틀에서 밀려 나가는 순간, 말소리가 일시에 뚝 끊겼다. 짙은 안개가 내리깔린 골목에 색색의 광휘를 퍼뜨리는 형상들이 모여 있었다. 가면 뒤에서 부라린 눈이 안광을 번뜩였다. 깃털이 나부꼈고 구슬이 짤그랑거렸다.

그러나 어떤 모습을 하고 어떤 의복을 입었든 모든 차이에도 불구하고 그들은 하나같이 신성한 존재들이었다.

개화가 환한 미소를 지으며 뒤로 물러났다.

"전갈도 드리지 못했는데 찾아와 주셔서 감사합니다. 어서 들어오세요."

카펫 위로 각양각색의 발자국이 찍혔다. 벽들이 멀어지면서 테이블이 길어졌고 좌우로 무수하게 의자들이 늘어났다.

손님들이 많아져서일까, 잔치가 열기를 띠었다. 파도가 곳곳을 돌아다니며 이국의 신들을 대접했다.

"이 술을 한번 드셔보시죠. 오늘을 위해 특별히 주문한 청주입지요."

이 도시에는 먼 땅에서 온 사람들이 대대손손 같은 자리에 정착한 사람들과 더불어 살았다. 신들 또한 마찬가지였다.

신들은 인간들이 가는 곳이라면 어디든지 동행할 수 있었다. 바람이 씨앗을 실어 나르고 거기에 산신의 넋 한 점이 깃들어 있는 것처럼.

한편 백운은 축하 인사를 받느라 바빴다.

"아이고, 이렇게나 귀한 선물을. 감사합니다."

선물이 어찌나 많이 쌓였는지 테이블이 휠 지경이었다. 음식 역시 넘쳐나 접시가 빌 틈이 없었다.

그들은 배불리 먹고 마셨다. 한마음 한뜻으로 이 도시와 산, 섬과 바다의 평안을 빌었다.

한껏 흥이 오른 파도가 양복 재킷 안에서 피리를 꺼냈다. 그는 훌륭한 피리 연주자였다. 돛을 부풀게 하고 깃발을 나부껴 길운을 불러일으키는 피리 소리가 어깻짓을 하지 않고는 못 견딜 만큼 신명 났다. 그러자 다른 신들이 각자 하나둘 지니고 있던 악기를 연주하기 시작했다. 북 소리가 단 보우 소리에 더해졌고 발랄라이카와 하모니카 소리가 어우러졌다.

개화가 도요의 손을 잡고 그를 의자에서 일으켰다. 백운은 이미 다른 신들에게 둘러싸여 춤을 추고 있었다.

그때 예고도 없이 출입문이 벌컥 열렸다. 악기 소리가 불시에 그쳤다. 신들이 문턱 밖 허공을 쏘아보았다.

귀들이었다. 굶주림에 지친 그들은 악취를 풍기며 흐느적대면서 무엇이든 집어삼킬 태세를 취하고 있었다.

도요가 울상을 지었다. 일동이 꼼짝도 하지 않는 와중에 누군가가 신들을 헤치고 나왔다. 백운이 문간에 서서 정중하게 허리를 굽혔다.

"마음껏 드시고 가세요. 음식은 충분하니까."

귀들이 잔칫상으로 달려들었다. 신들 사이에서 짧은 탄성이 터져 나왔으나 그뿐이었다. 신의 음식을 먹은 귀들은 누구를 해할 새도 없이 순식간에 무너져

내렸으므로. 떠나기 위해서는 먼저 배를 채워야 했기에. 허기진 채로는 어느 곳으로도 갈 수 없었기에.

파도가 피리를 재차 입으로 가져갔다. 잦아들었던 노랫소리가 웃음소리와 함께 드높아졌다. 개화와 손을 맞잡고 있던 도요가 불현듯 눈물을 떨구었다.

"운겸 님이 그리울 거예요."

"저도요. 우리 모두 그럴 거예요."

백운이 도요를 다독였다. 개화가 도요를 껴안으며 백운에게 귀띔했다.

"이제 그만 잔치를 끝낼 때야."

백운이 테이블 앞으로 다가갔다. 테이블 가장자리에 손바닥을 대고 상체를 숙여 훅 하고 입바람을 불어 그때까지도 시루떡 위에서 환하게 타오르고 있던 촛불을 껐다.

괘종시계가 울렸다. 열두 번의 종소리, 자정이었다.

뜨개방이 삽시간에 깜깜해졌다.

다시 전등이 켜졌을 때 뜨개방에는 백운과 개화, 도요와 파도, 직녀만이 남아 있었다. 다른 신과 귀들은 전부 돌아간 뒤였다.

테이블은 원래 크기로 줄어 있고 식기들은 깨끗하게 치워져 있었다. 테이블 둘레에 배치된 의자 역시 네 개뿐이었다.

도요가 하품을 하면서 중얼거렸다.

"자정이 넘었네. 잘 시간도 한참 지났고."

개화가 핸드백을 챙겼다.

"이만 가봐야겠어. 아, 재미있었어. 우리 또 만나는 거지?"

"물론. 같은 날 같은 시간, 잊지 말라고."

개화가 가는 길에 도요를 데려다주기로 했다. 듣자하니 도요는 오는 길에도 몇 차례나 길을 잘못 들었다고 했다.

개화가 팔을 뻗자 그의 손으로 우산이 미끄러지듯 들어왔다. 하늘에서 가느다랗게 빗줄기가 흩날리고 있었다.

개화가 출입문을 나서며 우산을 펼쳤다. 그 즉시 그의 모습은 사라지고 우산만이 허공에 떠 있었다. 도요가 후다닥 우산 밑으로 뛰어 들어갔다. 백운이 손을 흔들었다.

"꼭 다시 보는 겁니다."

"네, 꼭이요."

도요가 기꺼운 말투로 외쳤다. 둘은 금세 어둠 속으로 녹아내렸다.

파도가 백운과 인사를 나누었다. 그렇게 많은 술잔을 비웠음에도 그는 여전히 멀끔하고 단정했다.

"이렇게 한 해가 시작되는군. 올해도 부디 무사태평하기를 빌겠네."

어느샌가 뜨개방 안에 안개구름이 들어와 있었다. 파도는 해무 속에서 구름을 타고 사라졌다.

백운이 문을 닫았다. 직녀는 아무 일도 없었던 것처럼 뜨개바늘을 놀리고 있었다. 백운이 흔들의자 앞에 앉아 원피스 자락에 얼굴을 묻었다. 직녀가 백운의 머리카락을 쓰다듬었다.

"손님 맞느라 수고 많았어요."

백운이 미소 띤 얼굴로 직녀의 허리에 두 팔을 두르며 속삭였다.

"도와줘서 고마워요. 덕분에 무척 즐거웠어요."

직녀의 손에서 흘러내린 편물이 흔들의자에 떨어졌다. 뜨개바늘의 움직임이 느려졌다.

어떤 밤은 기록되지 않아도 괜찮았으니까. 기억 속에 머물다 죽음으로 소멸하는 것만으로도 충분히 의미 있었다.

백운이 직녀를 안아 들었다. 복도 끝 작은방에 이르러 침대에 눕히고 슬리퍼를 벗겨주었다.

캄캄한 밤, 바닥마저 검게 침잠해 오직 침대만이 공허 한가운데 덩그러니 자리하고 있는 것 같았다. 나란히 몸을 누인 백운이 직녀의 손등에 입을 맞추면서 물었다.

“천계를 떠난 걸 후회한 적은 없어요?”

“그럴 때도 있지요. 멸망하는 세계를 지키는 건 힘든 일이니까요.”

직녀가 백운의 눈동자를 들여다보며 덧붙였다.

“그래도 나는 당신이 죽을 때 그 자리에 있을 거예요. 제상을 차려놓고 흠향하도록 할 거예요. 첫 손님부터 마지막 손님까지, 도리에 어긋나지 않게 넘치지도 부족하지도 않게 정성껏 식사를 대접할 거예요.”

백운이 웃으며 눈을 감았다. 백운이 꿈을 꾸는 동안에도 직녀는 깨어 있을 것이다. 손으로는 은하수를 짜고 눈으로는 별들 각각의 운명을 헤아릴 것이다. 날실에 씨실을 엮듯 생과 사가 교차하는 순간을 살필 것이다. 저 천장 위 까마득한 곳에서 자신의 별이 빛나는 한 그는 잠들 수 없을 것이다.

하지만 이 밤, 그는 사랑하는 존재와 서로 안고 있었다.

산중호걸님의 생일이 지났다.

생강나무 잎을 씹으면서 무른 땅을 살폈다. 진창에 오소리가 지나간 듯한 자취가 남아 있었다. 배낭을 벗은 다음 볕이 드는 비탈에 자리를 잡고 앉았다. 수풀에 몸을 누이고 다리를 뻗었다.

세상으로부터 숨는 방법은 간단했다. 내가 먼저 나라는 존재를 지우면 됐다. 그러면 어느 순간 아지랑이에 호흡이 섞여 들고 이끼가 낀 입술 사이로 샘물이 솟을 것이다. 손톱은 자라 잔뿌리를 이루고 머리카락 속에서 버섯이 돋고 도토리를 찾던 곰이 그 버섯을 따먹을 것이다.

몸은 가라앉는 반면 넋은 떠올라 옛적부터 숲을 떠도는 혼령들과 함께 안개처럼 너울거릴 것이다.

그런 상상을 하는 동안에는 아버지도 나를 찾아내지 못했다. 평소답지 않게 당황한 말투로 "능금아, 어딨니? 돌아갈 시간이다" 하고 외치면서 겁에 질린 술래처럼 서성댔다. 그럴 때마다 나는 풀숲에 누워 배 위에 손을 얹은 채 한마디도 하지 않았다.

우듬지 위로 비상하는 형체가 보였다. 손가락을 입에 물고 휘파람을 불었다. 새매가 삐익 소리를 내며 울었다.

돌벽을 두른 밭 그물에 매인 새매를 구해준 건 작년 가을이었다. 어린 수컷이던 그 새는 그물에 다리가 감겨 퍼덕이고 있었다. 나는 입고 있던 겉옷을 벗어 새매를 감싼 뒤 뒤엉킨 그물을 칼로 끊어냈다. 그 외에도 몇 명의 새들이 그물에 거꾸로 매달려 썩어가고 있었다.

이 산은 아버지에게서 물려받은 유산 가운데서도 특히 가치 있는 것이었다. 수년 동안 투병했음에도 아버지는 죽음이라는 개념을 좀처럼 수긍하지 못했다. 어느 날엔가는 손바닥으로 관자놀이를 문지르면서 중얼거리기도 했다.

"엽총으로 머리라도 날려버릴 수 있다면 속이 시원하련만."

그러나 아버지는 병상에 얌전히 누워 숨을 거두었다. 나는 교복 차림으로 임종을 지켜야 했다.

아버지는 산 중턱에 묻혔다. 민씨 아저씨가 장례 치르는 걸 도와주었다. 아버지는 이 세상에 믿을 사람이라곤 민씨 아저씨 밖에 없다며 입버릇처럼 말하곤 했다.

나는 고등학교를 졸업하고 얼마 지나지 않아 읍내의 저택을 처분했다. 운전면허를 따고 트럭 한 대를 구입해 산속 집으로 들어갔다. 아버지가 건재하던 시절 우리는 그 집에서 여름과 겨울을 보냈다.

나는 전기 설비를 손봤고 통행로를 재정비했으며 가건물을 세워 창고 겸 작업실로 썼다. 민씨 아저씨가 종종 일을 거들어달라며 나를 불렀다. 거절할 이유가 없던 나는 트럭을 몰고 그를 따라다녔다. 하지만 별다른 용무가 없는 한 결코 산에서 내려가지 않았다.

눈이라도 내리면 집을 둘러싼 풍경은 더욱 적막해졌다. 갓 내쉰 숨마저 얼어붙을 듯한 겨울, 나는 난로에 불을 피우고 모포로 어깨를 감고 사과를 먹으면서 책을 읽었다. 소설의 어떤 등장인물들은 나와 비슷했다. 사람들 속에서 위태로웠다. 그런 생각을 하는 것만으로도 홀가분해진 나는 지난 계절에 익은 열매의 냄새를 풍기면서 침낭 속에 웅크린 채로 잠들었다.

그럼에도 피할 수 없는 것들이 있었다. 재작년 말부터 산기슭의 저수지에 생기기 시작한 카페들처럼. 카페를 찾은 손님들이 길을 잘못 들어 집 근처까지 올라온 적이 몇 번 있었다. 인근의 리조트를 방문하는 차에 그곳을 들렀을 그들은 항상 조금 흥분해 있었다.

산 아래에서 자동차가 내는 소음이 멀어졌다. 앉은 자세로 그 소리에 귀를 기울이다 물웅덩이를 넘겨보았다. 잔물결이 이는 수면 위에서 젊은 여자의 모습이 흔들렸다.

나는 내가 아직도 사람이라는 사실이 놀라웠다. 인간으로 태어난 이상 인간으로 죽어야 한다니, 어째서일까.

풀 위로 햇살이 떨어지는 모습을 바라보다 계곡으로 이어진 비탈을 따라 발자국이 찍혀 있는 것을 알아차렸다. 봄까치꽃에 핏방울이 튀어 있었다. 쑥잎에 묻은 잔털 몇 올이 나풀댔다.

어제 오후에는 샘물을 마시고 내려오는 길에 촛대 바위 앞에 흩어져 있던 피와 살점을 목격했다. 사체는 없었다. 이를 쪼아 먹는 새들도 없었다.

느리게 걸음을 떼면서 바지 주머니 쪽으로 손을 가져갔다. 손가락에 힘을 줘 접이식 사냥칼의 손잡이를 거머잡았다. 나는 그 칼로 새매를 옭아맨 그물을 잘라주었다.

새매가 머리 위를 맴돌았다. 시선을 내려 허물어진 돌벽을 주시할 때 나뭇등걸에 기대앉은 남자를 발견했다.

그는 젊었고 체구가 컸으며 쇄골에 닿는 길이의 머리카락이 아주 새까맸다. 그런데 연회색 티셔츠가 오물로 뒤범벅돼 있는 것도 모자라 갈가리 찢겨 한쪽 어깨에 겨우 걸려 있었다. 진흙 구덩이에서 기어 나온 듯 엉망으로 해진 청바지에는 흙모래가 말라붙어 있었다. 심지어 그는 맨발이었다.

바로 그때 바람의 방향이 달라졌다. 얼른 자세를 낮춰 몸을 숨기려고 했으나 남자는 단번에 나를 찾아냈다.

나는 아랫배를 누르고 있던 그의 손가락 사이로 피가 흐르고 있음을 뒤늦게 눈치챘다. 먼저 대화를 걸어온 건 남자였다.

"보고만 있을 겁니까?"

저음의 목소리를 듣는 순간 모든 것이 명확해지는 느낌이 들었다. 나는 인사 비슷하게 고갯짓하며 반문했다.

"어쩌다 그렇게 됐어요?"

"저기에서 굴러떨어졌거든요."

남자가 뒤편의 경사지를 가리키며 대답했다. 거짓말, 그건 거짓말이 분명했다.

"여기에는 어떻게 들어왔어요?"

"그야 물론 걸어서죠."

"사유지이니 출입을 금지한다는 표지판 못 봤어요? 그 꼴로 내려갈 때는 어떻게 할 생각이었어요?"

"당연히 걸어서겠죠. 그쪽이 도와준다면요."

남자가 웃음으로 응수했다. 나는 그 표정이 마음에 들지 않았다.

조금 더 다가가 남자의 배에 난 상처를 확인했다. 오른 발목에 손을 대자 남자가 끙 하고 신음했다.

"부러졌어요?"

"보시다시피."

내가 다친 발목에 나뭇가지를 대 고정하고 손수건으로 묶는 동안 남자는 이를 악물고 숨만 시근덕거렸다. 배낭에 꽂아둔 스틱을 꺼내 그의 손에 쥐어주었다. 남자의 걸음이 자꾸만 흐트러졌다. 어깻죽지로 떠받친 가슴 언저리가 무척 뜨거웠다.

비자나무 숲 아래로 집이 보일 무렵 우리는 둘 다 지쳐 있었다. 남자는 읍내 병원까지 차로 태워다주겠다는 내 제안을 거절했지만 식사마저 거부하지는 않았다. 약간의 감자 요리와 사과 몇 조각을 먹고 찻잔을 건네받았다.

내 몫으로는 위스키를 듬뿍 넣은 홍차를 준비했다. 고개를 들어보니 테이블 건너편에서 남자가 나를 물끄러미 쳐다보고 있었다. 헛기침을 한 그가 예의를 차린 어투로 말했다.

"고맙습니다."

살아생전 아버지가 입던 파자마를 그의 손에 들린 뒤 욕실로 밀어 넣었다. 옷장 구석에 구겨진 채 방치돼 있던 옷은 그에게 두 치수는 작아 보였지만 남자는 아무런 불평 없이 받아 입었다. 덜 마른 머리로 욕실에서 나온 그는 아픈 사람처럼 보이지 않을 만큼 편안하게 움직였다.

나는 태연하게 굴었다. 혼자 있을 때처럼 라디오를 듣고 설거지를 했으며 방문을 활짝 열어놓고 책을 읽었다.

샤워를 하고 침대에 가 누웠다. 그림자로 얼룩진 천장을 쏘아보다 베개 밑에 넣어두었던 칼을 잡아채 방에서 나왔다. 남자는 그때까지도 소파에 기대 꼼짝도 하지 않고 있었다.

나는 접혀 있던 칼을 펼치며 발소리를 죽이고 걸었다. 칼끝으로 남자가 입은 파자마 상의를 걷었다. 아무런 처치를 하지 않았음에도 아랫배의 상처가 아물어 있었다. 날카로운 도구로 벤 듯한 상처 외에도 남자의 배며 가슴에는 검붉은 살이 매듭처럼 얽혀 있었다.

고개를 숙이고 그가 내는 숨소리를 들었다. 무시무시하고 경이로운 이야기를 경청하듯 침묵 속에서 고요하게.

칼을 세워 잔털이 인 목을 훑다 맥이 뛰는 곳을 겨누었다. 돌연 눈꺼풀이 걷히더니 푸른빛이 감도는 눈동자가 열렸다.

그와 나의 시선이 마주쳤다. 동요하는 마음을 들키지 않으려 목소리를 낮춰 물었다.

"나를 기억하지 못하겠어요?"

"우리가 만난 적이 있어요?"

남자가 어리둥절한 표정으로 되물었다. 그의 귓가로 얼굴을 숙이며 응수했다.

"그럼요. 당신을 계속 기다리고 있었는걸요."

나는 그 남자를 생애 두 번째로 만났다.

내리깐 속눈썹 위로 숨결이 쏟아졌다. 남자의 목에 두 팔을 감고 매달렸다. 커튼 틈새로 아침 빛이 어른거렸다.

내 허벅지를 누르는 묵직한 다리의 무게를 만끽하면서 몸을 늘어뜨렸다.

"당신 이름이 뭐예요?"

"해수. 해할 해(害), 짐승 수(獸)."

악의적인 농담 같은 소리를 하던 그의 말투는 더할 나위 없이 진지했다. 미심쩍어하는 눈빛을 알아챘는지 끌끌거리며 웃던 남자가 내 정수리에 턱을 대고

낮게 덧붙였다.

"그게 내 본질이나 마찬가지니까요. 능금, 나를 믿으면 안 돼요."

물론 나는 그 말을 다 믿지는 않았다. 남자가 그 밖에 덧붙인 사실은 그의 유년이 무척이나 길고 외로웠다는 것.

"나는 어머니에게서 모든 것을 배웠어요. 한때 우리는 눈을 꾹 감고 꽃이 흐드러진 복숭아나무 사이를 거닐었어요. 물살을 거슬러 헤엄쳤고 이끼로 뒤덮인 둥지 속에서 잠들었어요. 어머니는 달빛을 받으면서 내가 치는 북소리에 맞춰 깃털을 머리에 꽂고 방울을 짤랑이며 춤을 추곤 하셨죠. 나는 세상이 하나의 거대한 숲이라고 믿어 의심치 않았어요. 어머니가 범의 등에 올라타 내 곁을 떠나기 전까지는."

그로부터 여러 날 동안 잠들지 못하는 밤과 깨어 있지 않는 낮이 반복됐다. 그 무렵을 되새기면 어렴풋하게 잊고 있던 감각이 되살아난다. 팔 안쪽의 여린 살을 씹던 치아와 귓바퀴를 쓸던 혓바닥, 지나친 쾌락에 도리어 고통받는 듯하던 눈빛 같은 것들.

정오에 가까운 시각, 나는 해수의 손에 이끌려

침대에서 나왔다. 안개가 가시지 않은 산이 기묘할 만큼 교교했다. 그 많던 새들조차 어딘가로 숨어버린 듯했다.

살아 있는 것들은 누구나 해수의 신성을 알아보았다. 그에게서 짐승을 발견하는 건 오로지 인간들뿐이었다.

새소리가 들리지 않는 숲은 마치 우리가 사는 곳과 완전히 다른 우주 같았다. 우리는 계곡 옆에서 잠시 걸음을 쉬었다. 어떤 과거를 상기하고 있었는지 몰라도 내가 고개를 들었을 때 해수는 미소 짓고 있었다.

"나는 아주 오래 살았어요. 당신은 상상도 할 수 없을 만큼 긴 시간을."

해수가 나무껍질에 손을 대고서 말했다.

"사람들은 신이 자신들의 언어로 말할 거라고 생각하죠. 아뇨, 신은 울어요. 짖고 포효해요. 사람의 형상을 하고 있지도 않죠. 신이 제 모습을 드러낸다면, 그런 일은 벌어지지 않는 게 좋겠지만, 모두 경악하며 달아날 거예요."

나는 불쑥 내뱉고 말았다.

"내 아버지는 당신이 신이라고 믿었어요."

"신이라, 글쎄요. 분명한 건, 내가 인간에서 점점 멀어지고 있다는 거예요."

"그게 무슨 뜻이에요?"

어깨를 으쓱거린 해수가 셔츠의 단추를 풀었다. 신발을 벗으면서 나를 돌아보았다.

"내가 남긴 흔적들을 보았겠죠. 피와 살점 말이에요. 해가 지날수록 나 자신을 유지하기가 힘들어져요. 때론 내가 누구인지도 잊어버려요. 손톱이 길어지고 뿔이 돋고 송곳니가 자라요. 그러면 살을 찢고 피를 마셔야 해요. 그래서 스스로를 사냥하는 거예요. 다른 누군가를 다치게 하기 전에, 내 배를 가르고 간을 터뜨리고 심장을 뜯어내 삼켜요. 하지만 눈 깜짝할 사이에 상처는 치유되고 나는 다시 젊고 건강해지죠. 이게 신으로 변하는 과정이라면, 능금, 당신은 받아들일 수 있겠어요?"

나는 무슨 말이든 하고 싶었지만 입이 떨어지지 않았다. 셔츠 위에 바지를 개켜 올린 해수가 몸을 돌려 계곡으로 내려갔다. 뒤따라 물속으로 뛰어들자 그가 나를 안아주었다.

양지바른 곳에서 머리를 말릴 때 해수가 내 귓

가에 엄마를 잃은 아기들을 위한 자장가를 불러주었다.

나는 내려오는 길에 해수에게 업혔다. 그의 허리에 팔을 두르고 건들거리고 있으려니 마치 요람 속에 있는 것 같았다. 졸다 깨기를 반복하다 나른한 목소리로 질문했다.

"그전에는 어디에서 살았어요?"

"이곳저곳에서. 어디가 어디인지 정확하게 기억나지 않지만."

셔츠 위로 느껴지는 체온에 안도하면서 그의 등에 귓바퀴를 눌렀다. 심장박동 소리가 먼 곳에서 울리는 북소리처럼 들렸다.

"혼자 지냈어요?"

"네."

"그 오랜 세월 동안 쭉?"

"네."

"왜죠?"

"아무도 필요하지 않았으니까요."

"단 한 명도?"

"단 한 명도. 하지만 지금은 아니에요. 내 작은 열매, 능금."

왠지 눈물이 나올 것만 같아 그의 어깨에 뺨을 문질렀다.

간혹 잠에서 깨보면 해수는 숨소리도 내지 않고 내 얼굴을 들여다보고 있었다. 그럴 때 그의 형상은 지워지고 두 개의 눈동자만이 어둠 속에 외로이 떠 있는 듯했다. 나는 가만히 손을 들어 한 쌍의 푸른 달 같은 그의 눈을 감겨주었다.

내가 해수를 처음 만난 건 십여 년 전 겨울이었다. 예보에 없던 폭설이 쏟아진 날이었다. 눈송이가 날릴 때 아버지는 덤불 속에 쓰러져 있었다. 삽살개 머루가 아버지의 겨드랑이에 주둥이를 밀어 넣으며 낑낑거렸다. 머루는 아버지의 충직한 사냥 동료였다.

"괜찮다, 머루야. 나 아직 안 죽었다."

아버지가 한사코 자신의 뺨을 핥던 머루에게 중얼거렸다. 비탈에서 떨어지며 다쳤는지 종아리께에서 끔찍한 통증이 올라왔다. 긁힌 이마에서 피가 흘렀다. 잡은 토끼는 어디에서 놓쳤는지 사라진 뒤였다.

눈발이 점차 거세졌다. 아버지는 이를 악물고

어떻게든 앞으로 기어 나가려고 했다. 순간 머루가 경계 태세를 취하더니 바로 앞 어딘가를 쏘아보며 광분해 짖어댔다.

아버지가 공포로 흐릿해진 눈을 들었다. 한 남자가 구름이 깔린 하늘을 등지고 서 있었다. 아버지는 그 일에 대해 이렇게 설명했다.

"그 눈은, 누구든 한 번 보면 절대 잊을 수 없을 거다."

나는 그때 아버지의 얼굴에 떠올라 있던 표정을 여전히 기억한다. 아버지는 해수를 숭배했다. 내가 아는 한, 아버지는 그 무엇도 숭배하지 않는 사람이었음에도.

아버지는 해수가 어떤 존재인지 단번에 알아챘을 것이다. 해수가 직접 밝혔을 리는 없다. 그러나 아버지에게는 평생 엽총을 잡은 위인다운 지혜가 있었다.

저녁 내내 식탁에 앉아 아버지를 기다렸다. 십대에 불과했지만 나는 외로움에 익숙해져 있었다. 짧았던 낮은 끝나버렸다. 조명을 켜지 않고는 더는 한 글자도 읽을 수 없었다. 무릎 위에 책을 덮고 눈자위를 눌렀다. 흑백의 펜화가 수록된 이야기책은 아버지가 사다

준 것이었다.

창밖, 눈 쌓인 정원이 그림 같았다. 색이라곤 하나 없이 무정해 보였다.

몸을 일으켜 창가로 다가가려는 순간, 테이블에 올려둔 책의 표지가 저절로 넘어갔다. 혼자 펄럭이다 멎은 책장의 왼편에 그려진 야수의 모습이 보였다.

이야기의 주인공인 야수는 잔인하고도 아름다운 남자였다. 그의 유일한 약점은 겨울이었다. 가을이 끝날 무렵 야수는 긴 잠에 빠져들었고 그만큼 긴 꿈에 사로잡혀 겨울을 보내야 했다. 오른편 책장의 그림 속에서 소녀는 잠자는 야수 옆에 걸터앉아 있었다. 소녀는 겨울이 영원히 끝나지 않기를 바랐다. 그래야 무방비한 그를 지켜볼 수 있을 테니까.

문득 이상스러운 예감이 들었다. 나는 두르고 있던 숄을 떨어뜨리며 밖으로 뛰쳐나갔다.

아버지가 낯선 남자의 부축을 받으며 정원을 가로지르고 있었다. 그 남자는 내가 본 어느 누구보다 몸집이 크고 훤칠했다. 머루가 호위하듯 둘을 뒤따랐다.

수년이 흘러 머루는 죽었고 아버지는 자신의 몸속에서 자라고 있는 병을 발견했다. 아버지의 유지는 하나였다.

“그 산을 팔지 마라. 절대 그래서는 안 된다. 어떤 것들은 원래 모습 그대로 보존할 필요가 있어.”

아버지는 해수가 이런 고통을 겪으리라는 걸 알았을까. 자아를 망각하고 맹수의 본능에 압도당해 혹여라도 무수한 생명을 해치기 전에 이 산에 숨어들리라는 걸 예상했을까. 그래서 당시의 나로서는 이해할 수 없는 유언을 남겼을까.

아버지는 해수에게 약속했을 것이다. 산꼭대기에 올라 저 아래를 내려다보며 당신을 위해 나무를 베지 않겠다고, 짐승들을 사냥하지도 않겠다고, 이 산을 지키겠다고 맹세했을 것이다. 그러니 부디 이곳에서 평화롭게 최후를 마감하라고.

아버지가 옳았다. 해수는 내 곁으로 돌아왔고 우리는 다시 만났다.

욕실에서 나온 해수를 의자에 앉혔다. 해수는 머리 말리는 걸 귀찮아했다. 빗질도 하지 않은 머리카락을 헝클어뜨리고 창문 앞에 자리 잡고 앉아 해가 질 때까지 질리지 않고 숲이 흔들리는 모습을 구경하곤 했다.

해수가 웃으며 달아나려고 했지만 놓아주지 않았다. 나는 물방울이 떨어지는 그의 머리에 수건을 둘러주고 장난스럽게 꾸짖었다.

"잠깐이면 돼요. 얌전히 좀 있어 봐요."

해수가 항복 선언이라도 하듯이 두 손을 들어 보였다.

"알았어요. 최선을 다해볼게요."

나는 그가 내 앞에서 등을 돌리고 있는 게 좋았다. 그 커다란 뒷모습을 훔쳐볼 수 있다는 게 기뻤다.

목 옆에 달라붙은 머리칼 한 올을 떼주었을 뿐인데도 해수는 간지러워 죽겠다는 듯 킬킬거렸다. 나는 과장스럽게 한숨을 쉬었다.

"가만히 있으라니까요. 최선을 다한다면서요?"

"이제 안 움직일게요. 정말이에요."

해수가 웃음을 삼키며 진지하게 고개를 주억거렸다.

나는 수건을 펼쳐 채 마르지 않은 해수의 머리칼을 두드렸다. 그러다 다갈색으로 탄 피부에 무엇인가 붙어 있다는 걸 알아차렸다. 목덜미와 맞닿은 등 위쪽에 비늘 하나가 돋아 있었다. 뱀의 그것처럼 기름하고 얄따란 은회색 비늘이었다. 오전에 산책을 하러 나갔다 묻혀 왔을까, 그게 아니면.

손톱 끝으로 비늘을 무심코 건드리자 해수가 움찔거리며 내 팔을 밀어냈다.

"미안해요. 아팠어요?"

나는 당황한 기색을 감추고 황급히 사과했다. 나보다 해수가 훨씬 더 놀란 듯했다.

"내가 마저 할게요. 도와줘서 고마워요."

해수가 내게서 수건을 빼앗아 들고 욕실로 들어갔다. 나는 멍하니 제자리에 서 있다 방에 틀어박혔다.

잠시 후 해수가 내 옆에 와 누웠다. 아무런 설명 없이 팔을 뻗어 나를 부둥켜안고는 이마에 여러 번 입을 맞췄다.

그날 밤 눈을 뜨니 옆자리가 비어 있었다. 베개에 다시 얼굴을 묻으려고 할 때 희미한 소리가 들렸다.

"해수, 당신이에요?"

나는 침대에서 내려와 거실로 나갔다. 주위를 둘러보다 작은방에 눈길이 멎었다. 울음소리는 바로 그 방에서 흘러나오고 있었다. 방문을 두드리며 소리쳤다.

"왜 그래요? 어디가 아파요? 대답을 해봐요."

해수는 문 저편에서 고열에 시달리는 아이처럼 헐떡였다. 가까스로 내뱉은 몇 마디가 애원에 가깝게 들렸다.

"종종 있는 일이에요. 아침에 다시 와요. 그때쯤이면 원래대로 돌아와 있을 거예요."

문손잡이를 당겼지만 열리지 않았다. 흐느낌이 높아지다 못해 비명으로 바뀌었다. 나는 어찌할 바를 모르고 근처를 서성이다 방문 앞에 쪼그려 앉았다. 간간이 물건이 깨지고 가구가 넘어가는 소리가 났다.

소음은 그 자체로 폭력이었다. 직접 맞거나 다투지 않고도 뺨이 베이고 멍이 드는 기분이었다.

또 한 차례 광증에 맞먹는 통증이 일었다 수그러들고, 해수가 방문 너머에서 온 힘을 다해 스스로를 추스르려고 하는 것이 느껴졌다. 나는 문에 얼굴을 대고 쉰 목소리로 부탁했다.

"돕고 싶어요. 그럴 수 있게 해줘요. 놀라지 않을게요. 약속해요."

하지만 나조차 내 말투에 서린 불안과 불신을 감지할 수 있을 정도였다. 해수가 목청을 쥐어짰다. 주먹이라도 물고 있는지 불명확하게 뭉개진 음성이 도무지 그의 것 같지 않았다.

"나를 내버려둬요. 가요, 가라고요!"

새벽 동이 틀 무렵, 나는 방문을 부수기로 결심했다.

창고에서 망치를 가지고 왔다. 다리를 벌리고 망치 자루를 움켜쥐었다. 가슴을 펴고 들숨을 끌어올린 뒤 팔을 치켜들어 인정사정없이 휘둘렀다. 문손잡이는 어이없을 만큼 쉽게 떨어져 나갔다.

그러나 서랍장이 문 앞을 막고 있어 발 디딜 자리를 내기까지 적지 않은 시간을 허비해야 했다. 쏟아진 서랍을 밀치며 안으로 들어갔다.

"해수, 어디에 있어요? 나예요, 능금이요."

방 안은 그야말로 아수라장이었다. 쓰러진 책장 주변에 책들이 널브러져 있었다. 옷가지들이 갈기갈기 찢어져 나뒹굴고 있는 모양새가 마치 칼로 난도질한 시체들 같았다. 선혈이 사방에 흩뿌려져 있는 가운데 잘게 쪼개진 유리 조각이 깔려 있었다. 나는 조심스레 맨발을 떼려다 퍼뜩 고개를 돌렸다.

해수는 아침 빛이 미치지 않는 비좁은 책상 아래에 웅크리고 있었다. 격앙돼 있어서인지 질푸른 눈동자가 팽창해 있었다. 기괴한 각도로 비틀린 목덜미는 비늘로 뒤덮였고 귓바퀴에는 잔털이 둘러 있었다. 상처 난 팔죽지를 타고 뚝뚝 핏방울이 들었다. 주먹을 쑤셔 넣고 헤집은 것처럼 그의 아랫배가 벌어져 있었다.

나는 그제야 해수가 했던 얘기를 이해했다. 제아무리 불경한 인간이라 할지라도 그 순간의 그를 목격했다면 가슴 앞에 두 손을 모으고 신의 이름을 외쳤을 것이다.

본능적인 혐오감을 억누르며 그와 눈을 맞추고 대화를 시도했다.

"침대로 가요. 새 옷으로 갈아입고 같이 잠을 자는 거예요. 밤이 올 때까지 아주 곤하게요."

그러나 해수가 쥐고 있던 심장을 자신의 입속에 욱여넣었을 때 나는 신음 소리를 내며 얼굴을 돌리고 말았다. 심장은 몸에서 뜯겨 나왔음에도 여전히 뛰고 있었다. 해수가 피에 젖은 입술을 달싹였다.

"미안해요. 당신에게 이런 모습을 보여주고 싶지 않았어요."

나는 무릎을 꿇고 팔을 벌려 해수를 안아주었다. 그의 어깨에 턱을 대고 등허리를 쓸어내리자 윤기

없이 버석거리던 털이 바스러지며 비늘이 벗겨졌다.

해수를 눕히고 나 역시 그의 옆에 누웠다. 언젠가 그가 불러준 자장가를 기억해 내려 했으나 떠오르지 않았다.

해수는 이튿날 밤에야 이전의 모습으로 되돌아왔다.

그 일로 해수의 육신에 가해지는 고통이 모두 끝난 건 아니었다.

해수는 나날이 야위었다. 하루에도 수차례씩 피를 토했고 짓무른 눈가에서는 고름이 흘렀다. 손톱이 빠졌으며 탈피를 했고 껍질을 먹었다. 그 외에는 어떤 음식도 입에 넣으려고 하지 않았다.

가을이 깊어지면서 그는 점점 더 쇠약해졌다. 오래전 읽었던 책 속 야수와 같이, 아주 긴 잠을 준비하는 것처럼.

굶주린 멧돼지들이 비자나무 숲까지 내려왔다. 라디오에서 먹이를 구하지 못한 산양들이 떼죽음을 당했다는 뉴스가 나왔다.

눈길을 걸으며 하늘을 올려다보았지만 새매는 보이지 않았다.

아버지가 마지막 병원 생활을 시작했을 무렵, 병문안을 갔다가 왜 나를 딸로 받아들였냐고 물어본 적이 있다. 아버지의 답은 다소 뜻밖이었다.

"왜냐하면 능금아, 그럴 수 있었으니까. 너를 낳은 사람이 어떤 의미였는가 하는 문제와는 상관없어. 네가 나한테 오는 순간 결정된 일이었다."

나는 아버지가 그토록 일찍 내 곁을 떠날 수 있으리라고 차마 믿을 수 없었다. 그날 커튼을 두른 병상에 누워 무엇을 더 해야 할지 모르겠다는 듯 무기력하게 미소 짓던 아버지 앞에서 퇴원 후 그가 해야 할 일에 대해 떠들어댔다. 거실의 형광등을 새로 사야 한다고, 블라인드가 고장 났다고, 나는 지금도 충분히 외롭다고. 아버지는 말없이 내 머리를 쓰다듬어 주었을 뿐이었다.

그로부터 석 달 뒤 아버지는 돌아가셨고 나는 의자를 딛고 올라가 직접 형광등을 갈아 끼워야 했다.

산속에서 보내는 겨울은 단조로웠다. 냉장고는

미리 채워두었다. 나는 기침을 하는 해수를 위해 수프를 끓였고 해가 드는 방향으로 소파를 돌려놓았다. 깊어지는 비관에도 머지않아 벌어질 사건들을 부정하고자 했다.

어두운 밤, 먼 숲에서 눈의 무게를 이기지 못한 가지들이 뼈처럼 부러졌다. 나는 고통에 겨워 신음하는 해수를 품에 안고 결국엔 모든 것이 괜찮아질 거라고 혼잣말을 했다. 그럴 수밖에 없었기에, 그것만이 나 자신을 위로할 수 있는 유일한 방법이었기에 스스로 믿음을 키웠다. 그게 내 기도였다.

그날은 춥고 청명했다. 모자를 깊숙이 눌러썼음에도 귀가 시렸다. 현관 앞에서 발을 굴러 운동화에 묻은 눈을 털었다.

해수가 거실에 나와 있었다. 기침이 멎어서인지 안색이 어제보다 훨씬 나아 보였다.

"좀 더 자지 그랬어요. 어제도 새벽까지 뒤척였잖아요."

찬 공기가 들어오기 전에 얼른 문을 닫았다. 해수가 웃음기 어린 어투로 답했다.

"봄이 가까워져서인가, 왠지 아침 볕을 쬐고 싶

었어요."

수척해진 탓인지 그는 웃는 표정조차 찡그리는 것처럼 보였다. 소설책을 꺼내 들고 그의 옆에 앉았다. 머리를 기대며 자세를 바꾸자 해수가 팔로 내 허리를 감싸고 왼손에 제 오른손을 끼웠다.

우리는 떠내려가지 않을 것이다. 서로에게 속해 있는 이상 그 무엇도 우리를 무너뜨릴 수 없을 것이다.

잠시 후 마룻바닥 위에서 부서지는 햇살을 구경하던 해수가 창문을 넘겨보며 말문을 뗐다.

"누가 찾아온 것 같아요."

"그럴 만한 사람이 없을 텐데."

나는 책을 내려놓고 일어났다. 커튼을 젖혀 바깥을 살피다 산길을 타고 올라오는 붉은색 에스유브이를 발견했다. 차량은 민씨 아저씨의 것이었다. 나는 의자에 걸쳐둔 재킷을 낚아채며 해수를 돌아보았다.

"지인 분이 오셨나 봐요. 쉬고 있어요. 잠깐 얘기만 나누고 올게요."

해수가 모포를 끌어올리며 농담을 했다.

"걱정하지 말아요. 얌전히 있을게요."

운동화를 구겨 신고 밖으로 나갔다. 자동차가

집 앞 공터에 멈춰 섰을 때에야 나는 운전석에 앉은 이가 민씨 아저씨가 아님을 깨달았다. 뒷좌석의 차창 너머로 개 두 명이 보였다. 들이와 강이였다. 평소 강이는 특히 나를 잘 따랐다. 나는 강이를 볼 때마다 머루를 떠올렸다.

남우가 차에서 내렸다. 그는 민씨 아저씨의 아들이었다. 우리는 어린 시절 나무를 타고 새소리를 흉내 내며 함께 놀곤 했다.

남우가 점퍼 깃을 만지며 나를 곁눈질했다. 그러면서도 먼저 말을 걸지는 않았다. 나는 피식 웃으며 인사했다.

"안녕, 웬일이야?"

"저, 그게, 아버지가 보내서. 네 안부를 궁금해하시기에."

나는 그토록 오래 알고 지냈음에도 그가 내 눈치를 보는 것이 재미있었다. 나를 낯선 사람 대하듯 하는 것이 우스웠다.

"내가 요새 연락이 뜸했지. 아저씨께는 죄송하다고, 이따 저녁에 전화 드리겠다고 네가 전해드려. 나는 잘 지낸다고."

"가끔 읍내에 내려와. 식사라도 같이 하자."

"그럴게."

차 안에서 개들이 짖었다. 무슨 이유인지 몰라도 사냥에 나서기 직전처럼 흥분해 있었다.

"오늘도 일했어?"

"멧돼지를 잡았거든. 한창 그럴 때잖아."

남우가 만족스러운 얼굴로 웃었다. 엽총을 들고 있을 때의 그는 평소와 달랐다. 부끄러움을 타지도, 말을 더듬지도 않았다.

나를 알아보았는지 강이가 꼬리를 저으며 반가워했다. 강이를 향해 알은체하며 손가락을 까딱였다.

그런 개들이 못마땅한 듯 남우가 찌푸린 표정으로 차창을 두드리더니 거실 쪽 창문을 주시했다.

"집에 손님이 와 계셔?"

"아니, 왜?"

"방금 누군가 지나가는 걸 본 것 같아서."

"커튼 때문에 착각한 거 아냐?"

남우가 내 대답에 수긍하지 않는 것처럼 한참 동안 창문에서 시선을 떼지 않다가 바지 주머니에 손을 찌르곤 운전석으로 걸어갔다.

"이만 가볼게. 읍내에 올 일 있으면 연락해."

"고마워. 또 봐."

나는 자동차 엔진 소리가 들리지 않을 때쯤에야 뒤돌아 현관문을 열었다. 텅 빈 소파를 확인하는 순간 가슴이 내려앉았다. 바닥에 나동그라진 모포에 피가 방울져 있었다.

"해수!"

고함을 지르면서 욕실 문을 열었다. 해수는 욕조 앞에 꿇어앉아 있었다. 발작이 시작된 것 같지는 않았다. 그는 지독한 욕지기가 치받는 듯 창백한 낯으로 입을 틀어막고 식은땀을 흘리고 있었다.

"피 냄새가 나서, 참을 수 없었어요. 놀라게 하려던 건 아니었어요. 미안해요."

"당신에게 무슨 일이 일어났을까 봐, 나는 그게 너무 무서워서……."

안간힘을 써봤지만 미처 말을 끝맺지 못했다. 예기치 않게 터져 나온 눈물을 참으려 입을 악물며 깨닫고 말았다. 내게 믿음이 필요한 진짜 이유를.

나조차 해수를 두려워하고 있었기 때문에. 그가 이 세상에 어울리지 않는 괴물이라고 생각하고 있었기 때문에.

나는 겨우내 해수의 최후를 기다리고 있었는지 몰랐다. 아버지와 이별하는 순간을 준비할 때처럼 비밀스럽고도 열렬하게.

진달래 꽃잎을 잘근거리며 걸었다. 어금니 사이에서 꽃향기가 부스러졌다. 모이를 담아둔 바구니 옆으로 새들의 발자국이 찍혀 있었다. 울타리를 바로 세우고 삽날로 두드려 쓰러지지 않도록 단단히 고정했다.

현관 옆에 삽을 기대놓고 집으로 들어갔다. 해수는 뒤늦게 잠들어 있었다. 고른 숨소리가 듣기 좋았다. 침대에 걸터앉아 이마에 손등을 얹었다. 간밤의 열은 가셨다. 그 사실에 안도하기 전에 당연하다는 생각이 앞섰다.

가장 매서운 추위는 갔다. 이제는 깊은잠에 빠져 있던 것들도 깨어나야 할 때였다. 파르르 떨리는 해수의 눈꺼풀을 내려다보다 침대로 파고들었다. 해수가 더듬더듬 나를 찾았다. 그의 손에 깍지를 끼고 눈꺼풀에 입맞춤했다.

해수가 눈을 감은 채로 말했다.

"얘기한 적 있던가요? 내가 셀 수 없이 많은 꿈을 동시에 꿀 수 있다는 거 말이에요."

"아뇨."

"내가 꿈을 꾸고 있는지 다른 사람들이 꾸는 꿈을 엿보고 있는지, 진실은 꿈이 아니라 제각각의 현실인지는 확실하지 않지만요. 내가 아는 건, 많고 많은 꿈속에서 그만큼 많은 내가 같은 시간 다른 공간에 한 번에 존재할 수 있다는 점이에요. 능금, 당신은 그래본 적 있어요?"

"아뇨. 궁금하네요. 그건 어떤 느낌이에요?"

"세계가 무서울 만큼 넓어진다고 해야 하나. 다채롭고 신기하고 끔찍하죠. 어젯밤에는 철창에 갇혀 있는 꿈을 꿨어요. 그 무수한 나들 가운데 한 명이요."

"철창에요?"

"네."

하고 답하면서 해수가 눈을 떴다. 커튼을 내려 어둑한 방에서 그의 눈동자만이 한없이 푸르렀다.

"잘은 몰라도 굉장히 오래된 철창인 것만은 분명해요. 곳곳에 먼지가 쌓여 있는 데다 온통 녹슬어 있었거든요. 나는 철창 구석에 도사리고 있어요. 바로 앞

계곡에는 물이 흐르고 햇볕이 내리쬐는데도 그늘에 숨어 움직이지 않아요. 저 문 하나만 통과하면 밖으로 나갈 수 있는데 그럴 수 있다는 걸 상상도 하지 못해요. 그래서 더러운 물을 마시고 썩은 음식을 먹으면서 끝없이 죽어가는 거예요. 그 나는 말이에요."

손쓸 수 없는 격통이 치밀어 오르면서 목이 멨다. 나는 그의 귓가로 입술을 가져가며 소곤거렸다.

"걱정하지 말아요. 당신은 여기에 있고 어디에도 갇히지 않을 거니까."

"그렇다고 해도 이 순간에도 누군가는 철창 안에 웅크리고 있겠죠. 그 사실을 알아버린 한 나는 절대 평온해질 수 없을 것 같아요."

오후 내내 그와 몸을 얽고 떨어지지 않았다. 해수가 뒤에서 나를 끌어안고 벗은 등에 숨을 토했다.

깜빡 졸다 혼몽한 정신으로 일어나 앉았다. 침대 위에 홀로 남아 있음을 깨닫고 주위를 두리번거리다 낙조로 물든 커튼 틈새에 시선이 멎었다.

"오, 안 돼."

카디건을 집으려다가 손이 떨려 놓치고 말았다. 나는 거실로 나와 현관을 박차고 나갔다.

해수는 이미 자리를 뜬 뒤였다. 그가 지나간 궤적을 따라 풀들이 짓눌려 있었다.

허둥거리며 산을 내려갔다. 길 아래에서 들리는 소음이 선명해졌다. 그것이 자동차 엔진 소리임을 인지하는 순간 다리에 힘이 풀려 미끄러질 뻔했다. 허물어지는 몸을 세우고 필사적으로 내달렸다.

"멈춰요, 해수, 해수!"

나는 빨라지는 걸음을 이기지 못하고 나무를 들이받았다. 얼마서 우악스럽게 부딪쳤는지 숨도 못 쉴 지경이었지만 곧장 일어서 다시 뛰었다.

길 복판에 정차된 에스유브이를 확인하는 즉시 머릿속이 새하얘졌다. 운전석은 물론이고 바로 뒷좌석까지 문이 활짝 열려 있었다. 넋이 나가 누구에게 건네는지 모를 말을 뇌까렸다.

"그러지 말아요, 그러면 안 돼요. 제발, 제발."

해수는 자동차를 가로막고 있었다. 뜯긴 셔츠의 등판 밑으로 엿보이는 살결을 따라 비늘이 나 있고 갈기처럼 흐트러진 머리카락 속에는 굽어진 뿔이 자라 있었다. 그의 송곳니는 엄니였고 손톱은 발톱이었다.

그는 푸른 눈을 한 야수였다.

개들이 해수와 맞섰다. 그러나 강력한 힘에 저지당한 것처럼 그 이상 다가들지는 못했다.

나는 해수를 자극하지 않기 위해 느린 걸음으로 남우에게 먼저 다가갔다. 남우는 해수를 향해 엽총을 겨냥하고 있었다.

"차에 타. 나머지는 내게 맡겨. 내가 해결할 수 있어."

내 설득에도 남우는 물러나려 하지 않았다. 해수에게서 눈길을 떼지 않고 도리어 내게 쏘아붙였다.

"저 괴물은 대체 뭐야?"

"괴물이 아니야. 물러서. 저 사람을 다치게 하지 마."

"저게 사람이라고?"

남우가 역겹다는 듯 되받았다. 해수가 으르렁거리며 몸을 뒤틀었다. 그것을 신호로 받아들인 것처럼 들이가 뛰어올랐다. 강이는 끝끝내 움직이지 않았다. 그는 해수가 어떤 존재인지 알았다.

남우가 엽총을 발사한 건 그 직후였다.

"쏘지 마. 총 내려놔, 당장!"

남우에게 달려들어 엽총을 빼앗으려고 했지만

그는 재빠르게 한 발을 더 쏘았다. 해수가 팔을 물고 늘어지던 들이를 떼어냈다. 동료를 비호하려는 듯 강이가 날뛰었다. 하지만 해수가 갈기를 휘날리며 길고 험악한 울음을 터뜨리기 무섭게 뒷다리 사이에 꼬리를 감추고 움츠렸다.

장전을 할 새도 없이 남우는 해수에게 공격당했다. 남우의 손에서 떨어져 나온 엽총이 차 옆으로 굴러갔다. 강이가 어쩔 줄 몰라 하며 낑낑댔다.

남우는 정신을 놓지 않으려 전력을 다하는 눈치였지만 어깨를 찍어 누른 해수의 앞발에 무게가 실리면서 발톱 끝이 점퍼를 가르고 맨살을 파고들자 창백하게 질려 울먹였다.

해수의 말이 옳았다. 신은 울었다. 신은 짖고 포효했다.

그러나 내가 할 수 있는 건 인간의 언어뿐이었다. 숨을 크게 들이마시고 그를 향해 조심조심 손을 뻗었다.

"해수, 나를 봐요."

해수가 벌린 입으로 침을 떨어뜨렸다. 나는 그가 내는 소리에서 아무런 뜻도 읽을 수 없었다. 그건 짐승의 포효였으므로.

“여기를 좀 보라고요. 내가 누군지 모르겠어요? 나예요, 능금이에요.”

해수가 또 한 번 부르짖었다. 그제야 그의 포효가 상대를 위협하기 위한 것이 아님을 깨달았다. 그 몸짓은 명백한 고통의 호소였다.

나는 죄책감을 떨치며 달려갔다. 나무둥치에 엎드리듯 기댄 해수 앞에 꿇어앉아 눈가를 가린 채 흐느끼던 남우를 향해 소리쳤다.

“가. 이곳을 떠나. 다시는 오지 마.”

해수의 뺨을 덮은 비늘이 벗겨져 있었다. 나는 그의 진짜 얼굴을 알아볼 수 있었다. 그의 팔을 잡아끌며 다그쳤다.

“이렇게 주저앉아 있으면 안 돼요. 집으로 돌아가요. 내가 도와줄게요.”

“괜찮아요. 이 산이 내 집이니까.”

해수가 들리지도 않을 만큼 조그맣게 덧붙였다.

“미안해요. 같이 있어 주지 못해서.”

“그런 말 하지 말아요. 나랑 여기 함께 있어요.”

“내가 이 순간을 기다려 왔단 걸 알잖아요.”

해수가 웃었다. 나직한 목소리가 바람결에 스러지면서 단말마의 울부짖음으로 번졌다.

"이 몸은 내게 감옥이나 마찬가지였어요. 나는 이제 이 꿈에서 깨어날 거예요."

"해수! 해수! 해수!"

목 놓아 그의 이름을 불렀다. 그러면 그의 넋이 제 육신을 찾아 돌아올 것처럼. 하지만 그런 기적은 일어나지 않았다.

내 앞에는 죽은 남자의 시신이 놓여 있었다. 눈물을 훔치며 눈을 부릅떴다. 빛이 그의 몸을 타고 흘러넘쳤다. 짙푸른 화염이 그를 태우고 있었다.

강이가 바지 자락을 물고 당겼다. 그 불에 나를 던져버리지 말라는 것처럼.

산 전체가 비통에 휩싸였다. 나는 새들이 기도하고 노루들이 곡하는 소리를 들었다. 멧돼지들이 제문을 읊고 산양들이 넋두리하는 소리를 들었다. 곧 그 모든 말소리가 멎고 온 세상이 침묵했다.

해수는 한 줌 재로도 남지 않았다.

꿈속에서 나는 눈송이였다. 환희에 차 이곳저곳

떠돌아다니다 어느 이의 뺨에 내려앉았다. 따스한 살갗 위에 녹아내리며 속삭였다.

기다려, 당신을 찾아갈 테니. 한 생애만, 한 생애만 더.

밤새도록 내리던 비는 새벽에야 그쳤다. 느지막이 외출복을 챙겨 입고 밖으로 나갔다.

비자나무 숲에서 바람이 불었다. 땀을 흘리면서 오솔길을 걸었다. 산열매를 우물거리며 계곡 옆을 지날 때 그림자 하나가 날쌔게 발치를 스쳐갔다.

모자챙을 젖히고 얼굴을 들었다. 새매가 우듬지 위를 날고 있었다. 손가락을 물고 휘파람을 불자 새매가 삐익 하고 화답했다.

나는 여전히 기다리고 있다.

이야기는 혼자 계속

에세이

이야기는 우연히 시작된다.

낯선 길을 걷고 싶다는 생각으로 늘 다니던 대로로 향하는 대신 골목으로 들어가 언제부터 그곳에 있었는지 모를 문구점을 맞닥뜨리지 않았더라면, 이 이야기는 쓰이지 않았을 것이다. 하지만 나는 담쟁이덩굴이 우거진 벽돌 건물을 지나면서 아끼는 펜을 거의 다 썼다는 사실을 기억해 냈고, 열려 있던 문구점의 출입문으로 발길을 옮겼으며, 진열대를 살피다 볼펜을 모아둔 수납 칸에서 연필 한 자루를 발견했다.

내가 연필을 향해 손을 뻗은 건 단순한 의도에

서였다. 맞지 않는 곳에 있는 물건을 원래 자리로 옮기기 위해.

그것은 삼나무로 만든 연필이었다. 길고 가늘고 새카만 몸체. 끄트머리에는 지우개가 달려 있고 연필심은 방금 막 깎은 것처럼 뾰족하게 다듬어져 있었다.

진열대를 이쪽 끝부터 저쪽 끝까지 훑었지만 그와 비슷한 연필이 꽂힌 수납 칸은 없었다. 나는 오른손에 들린 연필을 내려다보며 생각했다. 연필을 사려고 한 건 아니었지만, 이대로 나가기도 민망하니까.

볼펜들 사이에서 홀로 남다른 연필이 외로워 보였을까. 샤프나 메모지 같은 것을 골라도 됐을 텐데. 슬쩍 내려놓고 아무 일도 없던 것처럼 그곳을 나와도 괜찮았을 텐데.

내가 문구점에 들어와 진열대 앞을 기웃거리는 내내 가슴팍에 팔짱을 끼고 꾸벅거리던 주인 남자는 계산대 쪽으로 다가드는 동안에도 고개를 들지 않았다. 나는 계산대에 연필을 올려놓고 목청을 가다듬었다.

눈을 뜬 주인 남자가 허둥지둥 말을 건넸다.

“어서 오세요. 무엇을 도와드릴까요.”

잠기운이 묻어나는 듯한 목소리. 딱히 사리에

맞는 응대라고 할 수는 없었지만 나는 고개를 끄덕이며 대답했다.

"계산을 부탁드리려고요."

"죄송해요. 어제 못 꾼 꿈이 너무 많아서. 어라, 이 물건은."

주인 남자가 난감한 듯 눈살을 찡그렸다.

"이걸 찾는 사람이 나타날 줄은 몰랐는데. 어쩔 수 없지요. 손님, 혹시 지금 주머니에 든 걸 보여줄 수 있으세요?"

"네?"

요청은 무척 예의 발랐으나 적잖이 당황스러웠다. 내가 염려하는 것이 무엇인지 안다는 듯 미소를 띤 주인 남자가 부드러운 말투로 재차 말했다.

"계산을 부탁한다고 하셨잖아요. 그래서 여쭙는 거예요. 손님의 주머니에 있는 물건을 제게 주세요. 그거면 됩니다."

나는 머뭇머뭇 코트 주머니를 뒤적였다. 왼쪽 주머니에서 포장지가 꾸깃꾸깃한 사탕 한 알이 나왔다. 주인 남자가 웃으면서 사탕을 받아 갔다.

"마침 단 걸 먹고 싶었는데 잘됐네요. 좋습니다.

그럼 가져가세요."

"뭘 말씀이세요?"

"연필이요. 구입하려고 하신 거 아니었어요?"

주인 남자가 내 눈을 주시하며 손바닥을 펼치는 시늉을 했다.

"공짜로 드리는 게 아니에요. 당신이 산 거예요."

나도 모르게 펼친 손바닥 위로 연필이 놓였다.

"안녕히 가세요."

멍한 표정으로 연필을 코트 주머니에 넣고 밖으로 나왔다. 출입문은 소리도 없이 닫혀 있었다. 나는 쫓기듯 골목을 빠져나왔다.

그래 놓고 며칠이 지나도록 연필에 대해 잊고 지냈다. 어느 저녁, 책상 앞에 앉아 스탠드를 켜려다 불시에 그날을 반추하기 전까지.

서랍에서 연필을 꺼내 눈앞에 들어 올렸다. 연필 끝을 잡고 검은 칠이 입혀진 몸체를 뜯어보았다. 연필 한 자루로 할 수 있는 여러 일들에 대해 상상했다.

몇 달 전에 사놓고 쓰지 않은 공책을 가져왔다. 엄지와 검지 사이에 연필을 눕혀 쥐고 공책의 빈 면에

종일 뇌리에 맴돈 문장을 썼다.

옆으로 기운 듯한 글씨를 골똘히 응시하다 그 위로 두어 번 줄을 그었다. 더 나은 표현을 찾을 수 있을 것 같았기에. 하지만 쓰기 전에는 확신할 수 없는 문제였다.

다음 문장을 이어 써보았다. 그 문장은 줄을 그어 지워야 했으나 다음 문장은 그대로 두었다. 그런 뒤에야 그다음 문장이 흘러나왔다. 그다음 문장도, 그다음 문장도.

두려움 때문인지 손바닥에 땀이 차올랐지만 연필은 멈추는 것을 허락하지 않았다. 나는 몽롱한 정신으로 열에 들떠 글을 써내려 갔다.

첫 번째 문장이 있어야 두 번째 문장이 있을 수 있듯 어떤 문장도 외로이 존재하지 않았다. 순서대로 넘어가는 블록처럼 분명한 연쇄 안에 있었다. 한 칸씩의 공백에 가로막히고 행갈이돼 분리된 상태에서도 서로에게 영향을 끼쳤다. 은밀하게 뒤섞이며 복잡한 규율을 이루었다. 그러자 한 문장을 썼을 때에는 보이지 않았던 진실이 실체를 드러냈다.

쓴다는 건 읽음으로써 가능했다. 내가 쓴 이야

기조차 타인의 눈으로 읽는 과정을 거친 다음에야 절반 이나마 이해할 수 있는 것처럼.

문득 손등 위에 그림자가 드리워져 있음을 깨달았다. 나뭇잎 틈으로 빛이 쏟아지고 있었다. 손바닥으로 눈가를 가리려다 멈칫거렸다. 방금 전까지만 해도 연필이 들려 있던 손에 금빛 촉이 끼워진 펜이 쥐어져 있었다.

나는 바위에 걸터앉아 있었다. 무릎에 받친 책에는 편지지 한 장이 반듯하게 올려져 있었다. 숲 저편에서 나를 부르는 소리가 들렸다.

미소를 지으며 잉크에 펜촉을 적셨다. 나는 쉽게 들키고 싶지 않았다. 내가 답하지 않는 한 그는 나를 찾지 못할 것이다. 그의 이름을 마주 부르지 않는 이상, 결코. 황홀한 기분에 도취돼 한 자 한 자 정성껏 기록했다. 편지이자 고백이자 이야기를, 영영 숨기고 싶은 마음을.

창문 밖에서 보슬비가 내렸다. 교실 안은 후텁지근했다. 얼떨떨한 표정을 보이지 않으려 칠판 아래에 분필을 두고 돌아섰다. 학생들이 석판에 필사를 했다. 애티가 가시지 않은 목소리들이 시구를 따라 외었다.

아가씨가 손수건에 정인의 이름을 수놓았고 광대가 입담을 과시했다. 외로운 소년은 혼자 지어낸 낱말을 스케치북에 크레파스로 끄적였으며 일찍 철든 소녀는 병상에 누워 있는 동생에게 어머니가 들려준 동화를 암송했다.

나는 오래된 존재였다. 군인이 작성한 유서였고 노동자가 외친 구호였으며 글을 배운 적 없는 목동이 흥얼거린 노래였다. 그 모든 것들이 이야기였다.

볼 만큼 보고 들을 만큼 들었다고 생각했지만 연필은 나를 놓아주지 않았다. 내 손을 잡고 또 다른 이야기 속으로 자꾸만 나를 데리고 갔다. 벗은 발로 불을 건너게 했고 돌을 던지게 했으며 수치를 감추고 애원하게 했다. 울고 웃고 화를 내도록, 동요하고 시기하고 갈구하도록 했다. 나는 느꼈고 알았으며 여러 번 나 자신을 초월했다.

어느 순간 눈앞이 깜빡이면서 잘못 떨어뜨린 먹물 같은 어둠이 번졌다. 이제 나는 침대에 누워 있었다. 검버섯이 피고 주름진 손이 떨렸다. 헐거운 손가락을 오므려 연필을 쥐었다. 수첩 위에 연필이 미끄러졌다.

나는 죽어가고 있었다. 한 글자, 딱 한 글자만 더

쓸 수 있다면.

의지와는 다르게 손아귀가 느슨해졌다. 연필이 손가락 사이로 굴러떨어졌다.

내 손에서 헤어 나온 뒤에도 연필은 계속 춤을 추었다. 연필에서 펜으로, 분필에서 바늘로, 크레파스에서 목소리로, 눈물과 피로 형체를 바꾸며 끝없이 메아리치는 노래를 불렀다.

내가 마지막 숨을 몰아쉬는 동안에도.

잠에서 깼을 때 나는 원래 세계로 돌아와 있었다. 땀에 젖은 낯을 쓸어내리며 의자에 바로 앉았다. 가빠진 호흡을 가다듬고 무엇이 달라졌나 둘러보았다.

전원을 건드린 기억이 없는데 스탠드가 꺼져 있었다. 연필이 보이지 않았다. 책상 위아래를 샅샅이 살폈지만 나오지 않았다. 공책에는 맨 처음 썼던 단 한 문장이 남아 있을 뿐이었다.

그 연필은 지금도 누군가의 꿈속에서 이야기를 쓰고 있을 것이다. 그러는 한 세상에서 이야기가 사라지는 일은 없을 것이다.

못 다 꾼 꿈을 꾸듯이 나는 글을 쓴다.

이건 우연히 시작된 이야기.

해설

어디든지 가는 고양이를 따라서

— 심완선(문학평론가)

1. 고양이가 꾸는 꿈

고양이는 길면 하루에 스무 시간도 잔다. 깊이 잠드는 몇 시간을 제외하면 모두 겉잠이다. 야생성이 강해 얕은 잠을 오래 유지하는 것이라고 한다. 고양이는 조금만 큰 소리가 들려도 파드득 깨어난다. 마음에 드는 자리를 찾으면 다시금 깜빡깜빡 잠에 든다. 웅얼거리며 무어라 잠꼬대하기도 한다. 고양이도 사람처럼 뇌가 깨어 있는 렘수면 중일 때 꿈을 꾼다. 얕고 긴 잠을 자는 만큼 고양이가 인간보다 더 오래 꿈에 머물 것이다.

이처럼 고양이가 비몽사몽으로 지내는 이유가 조상에게서 이어받은 야생성 때문이라면, 꿈을 꾸는 동안 오래된 야생의 기억을 되살리는지도 모른다. 북아프리카 사막과 초원을 누비고, 악기와 방패를 들고 신으로 숭배받고, 현재가 아닌 시공간을 돌아다니며 변덕을 부리는 중일 수도 있다. 환상과 공포를 쓰는 일부 작가들은 고양이가 '드림랜드'에 있다고 생각했다.

드림랜드는 H. P. 러브크래프트로 대표되는 크툴루 신화 작품군에 등장하는 이름이다. 통용되는 바에 따르면 드림랜드는 꿈을 통해 연결된 다른 세계로, 허상이 아니라 우주 어딘가 실재한다. 꿈꾸는 능력을 지닌 사람은 꿈속에서 시험을 통과하여 드림랜드에 들어설 수 있다. 꿈을 경유하지 않고 드림랜드에 도달하기란 지극히 어렵다.

고양이 애호가였던 러브크래프트는 작중에서도 고양이에게 특별한 지위를 부여했다. 다른 창작자들은 이를 정교하게 발전시켰다. 예를 들어 패스파인더 RPG의 종족 설정에 따르면 고양이는 꿈으로든 육체적으로든 드림랜드로 순간 이동 하는 능력이 있어서 내키는 대로 양쪽을 오간다. 모든 고양이가 드림랜드의 고양이는 아니지만, 모든 고양이는 드림랜드 고양이로 지낼지 말지 자유롭게 선택한다. 고양이가 세계를 넘나드는 데는 제약이 없다. 그들은 인간이 모르는 길을 알고, 인간이 따라가지 못하는 경로로 벽을 통과한다.

드림랜드를 비롯한 이계, 외계, 미지와 불가해는 현실 바깥의 영역을 상정한다. 이때 현실 세계는 불완전한 파편으로 격하된다. 현실만이 유일하게 실재하는 '진짜'라는 관념은 거짓이다. 우리는 진실을 아는지 모르는지조차 제대로 알지 못한다. "우리는 무한한 암흑의 바다 한가운데 있는 무지라는 이름의 평온한 섬에 살고 있으며, 거기서 멀리 벗어나지 못하게끔 되어 있다."* 그리고 어스름한 해안선을 살피듯 『고양이는 어디든지 갈 수 있다』의 세 단편은 흑백이 쉬이 판명되지 않는 영역을 이야기한다.

「능금」 속 해수는 자는 동안 무수한 꿈을 동시에 꾼다고 고백한다. 꿈속에서 그는 인간 육체를 벗어

* H. P. 러브크래프트, 「크툴루의 부름」, 『하워드 필립스 러브크래프트』, 김지현 옮김, 현대문학, 2014, 165쪽.

나 본래의 불확정적이고 원초적인 상태로 돌아간다. "많고 많은 꿈속에서 그만큼 많은" 해수가 "한 번에 존재"한다. 해수가 깨어 있을 때의 현실은 무수히 많은 꿈과 삶 중에 하나다. 실재와 허상을 가르는 기준은 없고 꿈속의 해수는 언제, 어디에든 있다. 꿈에서야 비로소 제대로 "무서울 만큼 넓어진" 세계는 "다채롭고 신기하고 끔찍"(121쪽)하다. 여기에는 경악과 경탄이 한데 섞여 있다. 딱 알맞게도, 어리석은 우리의 심장은 둘을 구별하지 못한다. 미지 앞에서 가슴이 두근거리는 이유는 공포 때문만은 아니다.

2. 구별되지 않는 모호함

「고양이는 어디든지 갈 수 있다」의 '은비'는 음력 7월 보름, 백중(百中)날마다 현실의 경계가 모호해지는 상황을 경험한다. 현실에서 '재희'는 이미 사 년 전에 죽은 사람이다. 그러나 매년 백중날이 되면 재희는 마치 죽은 적이 없다는 듯 말짱한 모습으로 나타난다. 은비는 재희와 예전처럼 마을 둘레를 산책하거나 즐겁게

잡담을 나눈다. 죽음에 관한 이야기는 절대 꺼내지 않는다. 꿈이라는 사실을 자각하는 순간 꿈에서 깨버리듯, 재희가 죽었다는 현실을 자각하면 그는 갑자기 사라질지도 모른다. 그러니 현실이야말로 금기다. 은비는 꿈같은 상황을 조금이라도 오래 유지하기 위해 고집스럽게 현실을 외면한다. 자꾸만 모르는 척을 한다. 제 발로 귀신들의 영역에 뛰어들기까지 한다. 출입이 금지된 숲에서 금줄을 넘어갈 때 은비는 "귓것들이 부리는 재주에 속아 넘어갔다는 걸 예감하고 있으면서도 이를 무시"(18쪽)한다.

금줄 너머 펼쳐진 백중장은 은비의 무의식적인 기대대로 환상적인 공간이다. 사람처럼 보이는 이들은 사람이 아니다. 산 사람을 호시탐탐 노리는 쪽에 가깝다. 그래도 은비는 자신을 둘러싼 위험을 인식하길 꿋꿋이 거부한다. 공포는 무의식에서만 맴돈다. 죽을지도 모르는 위기조차 은비의 관점에선 상당히 장난스럽고 유쾌한 분위기로 서술된다. 게다가 은비가 위험에 처할 때마다 신출귀몰하게 나타난 재희가 은비를 구한다. 그가 인간이 아니라는 사실을 즐거운 마음으로 만끽할 기회다. 신나게 탈출에 성공한 끝에 은비는 재희와 손을 맞잡는다. 현실에서는 만져지지 않던 재희가, 금줄 너머 이상한 세상에서는 손에 잡히는 형태로 실재한다. 이런 촉감이야말로 은비가 인정할 수밖에 없는 비현실이다. 그제야 은비는 이제까지 자신이 비현실을 누리고 있었음을, 다시 말해 현실 세계에서는 재희를 잡을 수 없다는 사실을 긍정한다. "그래, 여기는 현실이 아니니까. 전혀 다른 질서로 움직이는 세계니까."(34쪽)

백중은 저승문이 열리고 죽은 사람이 찾아오는 날이다. 불교에서는 우란분절 혹은 우란절에 해당한다. 우란절의 유래는 목련존자가 어머니의 꿈을 꾸는 데서 시작한다. 꿈속에서 어머니는 자신이 죽은 뒤 아귀도에서 고통받고 있다며 도움을 청한다. 이에 목련은 어머니를 위해 큰 잔치를 벌인다. 그래서 목련처럼 망친(亡親)이나 죽은 사람을 위해 공양하는 풍습이 생겼다. 「고양이는 어디든지 갈 수 있다」에서는 은비가 백중장을 통해 마치 한풀이를 끝낸 혼령처럼 위안을 얻는다. 혼령으로 떠도는 쪽은 재희지만, 죽음을 부인하며 미련을 품고 있던 사람은 은비였다. 현실 세계로 돌아갈 때를 맞이한 은비는 자신이 무엇을 회피하고 있었는지 솔직하게 털어놓는다. 시간이 갈수록 재희를 잊는 것, 자신이 변한다는 것이야말로 은비가 마지막까지 거부하고 싶었던 사실이다. "인정하고 싶지는 않지만 어쩌면 나도 너를 잊어가고 있었나 봐. 포가 알려주지 않았다면 오늘의 약속에 늦고 말았을 거야."(47쪽)

고양이 이름이 '포'라는 점은 당연히 에드거 앨런 포를 상기시킨다. 포는 "아름다운 빛으로 나를 격려하는"* 꿈을 위한 시를 다수 썼다. 그는 한낮의 밝은 빛에서도 꿈의 색채를 볼 줄 알았고, 그런 중첩적인 인식에서 위안을 얻었다. 사람들은 꿈을 헛것이라고 구별하지만 "과거에 한 가닥 시선을 줄 때 / 백일몽 아닌 것이 / 이 세상 어디에 있을까?"** "우리가 보는 것 믿는 것은 모두 / 꿈속의 꿈일 뿐"이다.*** 작중에서 고양이 포는 은비에게 백중날의 꿈이 시작될 거라고 상기시킨다. 적어도 은비는 포가 자신을 안내했다고 믿는다. 고양이가 그럴 능력이 있다는 생각은 물론 비현실적이다. 비현실을 부정하지 않으려는 은비의 적극적인 무지가 환상을

* 에드거 앨런 포, 「꿈」, 『꿈속의 꿈』, 공진호 번역, 황인찬 해설, 아티초크, 2023, 30쪽.

** 앞의 시, 30쪽.

*** 에드거 앨런 포, 「꿈속의 꿈」, 앞의 책, 27쪽.

실체화하는 주요한 바탕이다. 앞으로 변화에 겁먹지 않겠다는 은비의 변화는, 자신의 어린 시절에 대한 작별을 고하는 한편 한여름 낮의 꿈에 감사를 전하는 것처럼 보인다.

고양이가 꿈의 세계와 이어져 있듯, 「능금」의 '해수'는 인간의 몸을 보유한 채로 초월적인 대자연의 세계와 연결되어 있다. 그는 신성함과 야생성을 동시에 지닌다. "신은 울어요. 짖고 포효해요. 사람의 형상을 하고 있지도 않죠." 신의 본모습은 전혀 길들지 않은, 인간이 이해하지 못하는 생명력이다. 자연 속에서 신성과 야성은 모순되지 않는다. 그러나 인간은 야생을 죽이고 가공하며 생활하고 있다. "살아 있는 것들은 누구나 해수의 신성을" 알아보는데도 인간만이 "그에게서 짐승을 발견"(101쪽)한다. 인간인 '능금'을 만났을 때 해수는 자신의 이름의 뜻이 해로운 짐승이라고 소개한다. 누구에게 해로운지는 불명확하지만, 그의 이름이 인간 아닌 존재에게 쓰인 적은 많지 않을 것이다.

능금은 인간으로 태어났지만 해수처럼 어중간한 혼종적 위치에 머무른다. 그는 동족인 "사람들 속에서" 오히려 "위태로웠"(94쪽)고, 어릴 적부터 인간 세상을 피해 자연에 스며드는 데 능했다. 숨을 죽이고 개체로서의 자신을 지우다 보면, 능금은 긴 호흡으로 진행되는 순환의 일부로 변한다. "어느 순간 아지랑이에 호흡이 섞여 들고 이끼가 낀 입술 사이로 샘물이 솟을 것이다. 손톱은 자라 잔뿌리를 이루고 머리카락 속에서 버섯이 돋고 도토리를 찾던 곰이 그 버섯을 따먹을 것이다. 몸은 가라앉는 반면 넋은 떠올라 옛적부터 숲을 떠도는 혼령들과 함께 안개처럼 너울거릴 것이다."(91~92쪽) 아버지가 능금을 부르면 그는 트랜스 상태에서 깨어난다. 하지만 능금은 전체로서의 자신이라는 잔상을 떨치지 못하고 의아해한다. "나는 내가 아직도 사람이라는 사실이 놀라웠다. 인간으로 태어난 이상 인간으로 죽어야 한다니, 어째서일까."(94쪽)

인간과 자연의 이분법에서 어디로도 구분되지 못하는 능금과 해수는 서로에게서 소속을 발견한다. 둘은 한집에 살고 육체적으로 결합하고 함께 먹고 잔다. 그러나 둘만의 공동체는 '짐승'을 배제하는 인간 세상에서 완전히 자유롭지 못하다. 해수는 짐승에 잠식당하는 중이다. 자연의 순환에서 떨어져 나와 인간의 몸으로 오랜 시간을 보내서인지, 해수의 야생성은 통제되지 않는 짐승으로 튀어나온다. 해수는 곧잘 제정신을 잃고 "손톱이 길어지고 뿔이 돋고 송곳니가 자라" "살을 찢고 피를 마셔야"(102쪽) 하는 상황에 빠진다. 인간이 상상하는 해로운 짐승의 모습 그대로다. 이에 해수는 다른 생명체를 공격하지 않도록 오로지 자신의 몸을 사냥하고 나중에는 자기 몸에서 떨어져 나온 것만 먹는다. 그리하여 인간에게 살해당할 때까지 짐승으로 전락하지 않고 버틴다. 마침내 "감옥이나 마찬가지"(127쪽)였던 몸이 땅에 쓰러질 때 인간형 개체로서의 해수는 사라진다. 그는 대자연과의 연결을 완전히 회복한다. 능금은 산 전체가 해수의 죽음에 공명하여 "새들이 기도하고 노루들이 곡하는 소리" "멧돼지들이 제문을 읊고 산양들이 넋두리하는 소리"(127쪽)를 듣는다.

비록 해수와 능금 사이의 직접적 연결은 끊어졌지만, 능금은 이 단절을 일시적인 것으로 바라보려 한다. 꿈속에서 능금은 눈송이의 일생을 본다. 사람에게는 찰나에 불과하더라도 그 역시 하나의 생애다. 눈송이가 형체를 잃고 자연 속으로 사라질 때 "한 생애만, 한 생애만 더"(128쪽)라는 울림이 들린다. 해수가 꾸던 무수한 꿈처럼, 개체들의 죽음과 삶이 연이어 일어나는 자연의 순환처럼, 긴 호흡 속에서 해수와 능금의 세계는 구별되지 않는 모습으로 중첩된다.

3. 영원과 순간의 시간

앞의 두 단편처럼 「산중호걸」의 '백운'도 환상적이면서 인간과 가까이 지내는 존재다. 그는 삵의 모습으로 인간 거주지의 골목과 가게 들 사이를 산책한다. 고양잇과 동물인 삵은 일반 고양이와 유사하게 보이므로 시내에 있어도 눈에 띄지 않는다. 산책이 끝나면 그는 인간의 모습으로 변해 사람이 만든 의복과 음식을 취한다.

소설의 배경은 쇠락과 발전을 동시에 겪고 있는 조그만 섬이다. 「고양이는 어디든지 갈 수 있다」의 소읍은 점점 비어가는 시골 마을이고, 「능금」의 산기슭이 저수지에 생기기 시작한 카페들과 멀지 않듯, 「산중호걸」의 바닷가도 을씨년스러운 동네와 도심이 어정쩡하게 흩어져 있다. 섬에 머무는 신들도 다소 어설프고 애매한 모습을 보인다. '직녀'가 지내는 '직녀 뜨개방'은

제대로 된 간판도 없이 시트지로 상호를 붙여놓았다. 백운산을 다스리는 백운은 호랑이가 아니라 삵이지만 산중호걸이 되었다. 바다에 점점이 퍼진 작은 섬의 산에는 호랑이가 없다. 신들이 차리는 잔치 음식은 중구난방이다. "잡채부터 유밀과, 파스타와 셔벗" "고기와 죽, 국수와 떡볶이"(72쪽)처럼 시대와 지역을 막론하는 잡다한 음식이 상에 놓이고 생일 초를 꽂은 시루떡이 케이크를 대신한다.

백운을 비롯한 신들은 매년 백운의 생일에 모여 안부를 나눈다. 서로 생존 여부를 확인하려는 목적도 있다. 모임은 해마다 돌아오지만 구성원은 예전 같지 않다. 이번 해에는 하나의 신이 죽고 어린 신이 처음으로 잔치에 참석한다. 신들은 새로 온 '도요'를 환영하면서 '운겸'의 죽음을 함께 애도한다. 운겸도가 남아 있는데 그곳의 신인 운겸이 죽었다는 사실은 다소 부조리하게 느껴진다. 물론 운겸이 태어났던 시절의 운겸도는 이제 없다. 생태 복원이나 터널 개발이라는 이유 외에도 곳곳이 공사로 시끄럽다. 신도시로 개발이 끝난 장소는 저녁이면 환하게 불을 밝힌다. 오래된 것은 밀려나고 닳고 스러진다. 이런 흐름을 지켜봐 온 신들은 "우리의 시대가 끝나가고 있"(68쪽)다는 감각을 공유한다. 시간은 천천히 그리고 단호히 흐른다. 천변만화하며 세상의 변화를 비추는 직녀의 편물은 결코 정지하지 않는다. 새해맞이는 언제나 또 한 해가 완전히 지나갔다는 사실을 전제한다.

신들의 신년회는 선물 교환으로 끝난다. 선물 중에는 머나먼 옛날을 상기시키는 추억의 물건도, 언젠가 "필요한 순간이 오면"(79쪽) 쓰임이 있으리라며 앞날을 상정하는 물건도 있다. 그들의 선물은 이미 지나간 순간, 아직 실현되지 않은 순간을 망라한다. 현재의 현실이 전부가 아니라는 사실을 상기시킨다. 이 세상에서 사라진다 하여 완전히 소멸하는 것은 아니다. 무상하게 변하는 세월과 세상을 이야기하던 그들은 다음을 기약하며 인사를 나눈다. "이렇게 한 해가 시작되는군. 올해도 부디 무사태평하기를 빌겠네." "꼭 다시 보는 겁니다."(85쪽) 작년은 지나가 버렸지만 인사말은 새해에도 동일하게 유지된다. 새해 복 많이 받으세요, 생일 축하해, 안녕히 가세요, 안녕히 계세요. 무난하고 평이한 말, 바래지 않고 오랫동안 그대로 남아 있는 메시지다.

수백 년간 반복되었을 이들의 인사처럼, 우리가

건네는 '안녕'이라는 인사도 기나긴 시간 속에서 무수히 반복되었을 것이다. 오늘의 '안녕'은 새로운 것이지만 아주 오래된 소원을 반영한다. 꿈을 꾸는 고양이처럼, 긴 호흡으로 자연에 섞일 때처럼, 어떤 말은 영원히 존재할 것만 같은 영역에 접해 있다. 고작 현실에서밖에 살지 못하는 사람이라도 변치 않는 것을 말할 수 있다. 「고양이는 어디든지 갈 수 있다」에서 은비가 재희에게 했던 고백이야말로 진실이다. "내가 너를 좋아했다는 사실은 변하지 않을 거야."(48쪽)

소설이 보여주는 꿈과 현실, '나'와 세계, 현재와 영원이 흐릿하게 엮이는 어스름 속에서, 사람들은 감히 불변과 만남을 입에 담는다.

트리플 31

고양이는
어디든지 갈 수 있다

초판 1쇄 인쇄일 2025년 3월 19일
초판 1쇄 발행일 2025년 4월 11일

지은이 · 장아미

펴낸이 · 정은영
편집 · 장혜리 김수진
디자인 · 홍선우
마케팅 · 최금순 이언영 연병선 송의정
제작 · 홍동근
펴낸곳 · (주)자음과모음
출판등록 · 2001년 11월 28일
제2001-000259호
주소 · 경기도 파주시 회동길 325-20
전화 · 편집부 02) 324-2347
경영지원부 02) 325-6047
팩스 · 편집부 02) 324-2348
경영지원부 02) 2648-1311
이메일 · munhak@jamobook.com

ISBN 978-89-544-5248-9 (04810)
978-89-544-4632-7 (세트)